ティアラ文庫

ずっとあなたを愛してた

王妃と侯爵

ナツ

presented by Natsu

プランタン出版

Contents

※本作品の内容はすべてフィクションです。

序章一　プリシラ・マレット

　プリシラは窓枠に手をかけ、深々と息を吸い込んだ。

　高台に位置する白亜の王宮の一角――新たな王妃の為に整えられた『南の宮』からは王都を一望することが出来る。

　堅固な石造りの建物がひしめく街並みは大層な賑わいを見せており、多くの人々が忙しなく行き交っている。行商人が引く馬に括りつけられた重そうな荷物や、住宅の屋上に干された洗濯物を眺めた後、多くの出店が軒を並べている一角に目を向けた。目を閉じて耳を澄ませば、人々が楽しげに買い物をする声が聞こえてきそうだ。

　大陸でも有数の商業国として名高いローレンス王国の日常の風景が、視界いっぱいに広がっている。

　国王と王妃を先月喪ったばかりとは思えないこの平穏な情景が、忠臣の献身により守られていることを、今のプリシラは知っていた。

「お嬢様、あまり身を乗り出されては危のうございますよ」

両手いっぱいにドレスをかかえたメイドが、軽く注意をしつつ背後を通り過ぎて行く。

プリシラはくるりと身を翻し、室内へと向き直った。

「大丈夫」そう返事をしようにも、声をかけてきたメイドは衣装室へと消えた後で、今は誰もこちらを気に留めていない。実際、それどころではないのだ。マレット公爵が一人娘に持たせた支度品の数は膨大で、のんびり片付けていては式に間に合わない。

プリシラは二週間後、十五歳という異例の若さでローレンス王国の王妃になる。

結婚相手であるルーク王子の顔は、絵姿でしか見たことがない。

王子はプリシラより一つ年上で、今年十六になったところだ。国を背負って立つには若過ぎるが、亡き国王夫妻の子は他におらず、王位継承権を持つ者は今では彼一人しかいない。両親の死を充分に悼む間もなく王位を受け継ぎ、王妃を娶らなくていけない王子の心情はいかばかりか、少し考えただけで胸が痛む。

プリシラの憂鬱に拍車をかける要因は他にもあった。

ルークは現在心を患っており、特に女性に対しては拒否症状が激しいというのだ。

もしかすると、結婚式で隣に並ぶことすら出来ないかもしれない。

プリシラはわざと明るい声を出し、湧き起こってくる不安を封じ込めた。

「ねえ、私にもなにか手伝えることはない？」

動いた方が気が紛れるのではないかと思ったのだ。

家を出る時に着せられた豪奢なドレスは、王宮に入ってすぐに着替えた。

ルーク王子や重臣達との顔合わせは、来週と決まっている。誰にも会う予定がないのなら、豪華過ぎて所作に気を遣うドレスを纏う必要はない。

今着ているシンプルな白のドレスは、レースやリボンなどの装飾が控えめで非常に動きやすい。この恰好なら、気兼ねなく片付けに参加出来る。

ところが返ってきたのは、「何もございません」「どうぞ大人しく過ごして下さいませ」という声ばかりだった。プリシラと共に王宮に上がった使用人は、公爵からの信頼が厚いベテラン揃いで、自分達の仕事を誰かに、ましてや主人に任せたりしないのだ。

「せっかく着替えたのに……」

プリシラは溜息まじりに呟き、窓の外へと視線を戻した。

目に映る風景は変わらないのに、先程のようにゆったりとした気持ちで眺めることは出来ない。荷解きに誘発された不安が、純白の布地に落ちたインクのように広がっていく。

『――無理強いはしない。いや、出来ない。君が決めなさい、プリシラ』

プリシラの父、マレット公爵は怖いくらい真剣な顔でそう言った。

『ルーク様は即位する覚悟を固めて下さった。だが、例の件で負った心の傷が癒えたわけではない。おそらく、王妃となる女性は大変な苦労をすることだろう。今のルーク様に必要なのは、生身の人間ではない。この国で二番目に高い地位と多大な名誉は得られるが、人並みの幸せは期待できない』

彼がそこまで言うからには、恐らくそうなのだろう。

張り詰めた空気は、本来舞い上がってもおかしくない国王との縁組が朗報ではないことを告げている。

だが元々政略結婚とは、愛より益が重視されるものではなかったか。

彼が何をもって『人並みの幸せ』と言っているのか分からず、心の中で首を傾げる。

プリシラは公爵家の姫だ。何不自由ない暮らしを送る代わりに、いずれは家や国の為に嫁ぎ、ローレンス王国の発展に尽くすよう教えられてきた。物語や芝居に描かれているような恋愛が出来ると思ったことは一度もない。

もしも周囲を魅了せずにはおかない美貌を備えていたのなら、もっとロマンティックな未来を夢見たかもしれないが、生憎(あいにく)そうではなかった。

くすんだ金色の髪にブルーグレーの瞳。地味な顔立ちは時折「繊細」だと褒められることもある。とびきり頭が良いわけでもないし、一通りの教養は身につけているものの特に秀でた分野もない。

誇れるのは家柄だけという平凡なプリシラが、この国の王妃に、と請われているのだ。

たとえ女として愛されずとも、王妃として尊重されるのなら、それは充分に幸せな人生と言えるのではないだろうか。

どちらにしろ、二十歳までには結婚相手を決めなければならない。

相手が国王だろうが誰だろうが、父が受けてもいいと思った縁組を受けるまでだ。

『……お断りしたら、どうなるの？』

じっとこちらの返答を待つ父に、一応尋ねてみる。

『どうにもならない。君がもう少し大人になってから、他の縁談が来るだけだ』

公爵は少し笑って、答えた。

妻の隣で寛いでいる時の、どこか抜けた笑みではなかった。外務大臣である彼が、家に来る部下達に見せる笑顔だ。

『例の件って、何のこと？　両陛下が身罷られたこと？』

彼の話の中で気になったのは、人並みの幸せは期待できないという一節だけではなかった。例の件で負った心の傷、という言葉に触れると、彼は困ったように眉根を寄せた。

『聞いてしまえば、この話を受けるしかなくなる。それでも聞きたいかい？　よく考えるんだ、プリシラ。結婚とは名ばかりの、重大な仕事に就くことになるんだよ』

公爵の謎めいた問いかけに、プリシラは結局頷いた。

彼が隠していることを知りたいという好奇心に負けたのだ。

『そうか。……分かった』

公爵は短く呟き、人払いを命じた。

二人きりになった書斎で、ルークの身に起こった一部始終を聞かされたプリシラは、己の選択を激しく後悔した。

彼が警告した通り、安易な気持ちで首を突っ込んでいい話ではなかったのだ。

『――前国王夫妻は、病死ではない。レイモンド王弟殿下に弑されてしまった』

ぎりぎりまで絞られた声が形作った言葉に、大きく目を見開く。

『レイモンド殿下は視察先で事故死したことになっているが、本当は彼による無理心中だったんだよ、プリシラ。私達は、ルーク王子以外の王族を一度に喪ったんだ』

あまりにも凄惨な話に、理解がついていかない。気づけば勝手に膝が震えていた。

公爵はプリシラに手を差し伸べ、近くの椅子に腰かけさせる。

そのまま片膝をつき、プリシラの顔をじっと見上げて説明を再開した。

ルーク王子の精神は、ぎりぎりのところで崩壊を免れている。そう彼は言った。

本来ならば、どこか静かな場所で長期的な休養を取らなければならない状態なのだが、ルーク以外に王位継承者はいない。

しかもルーク本人が、自らの責任を果たしたがっているという。

『今回選ばれる王妃は、ルーク様が成長して落ち着くまでのいわば繋ぎだ。王妃には、ルーク様を見守り、支援する役割が求められる。愛し、愛される関係は期待されていないし、そもそも不可能だ』

公爵の話に、プリシラは蒼白になった。

上手くいかなかった場合の結末が脳裏を過ぎる。もしプリシラが失敗すれば、この国は立て続けに国王を失うことになるのではないか。

身震いするプリシラを見つめ、公爵は苦しげに眉根を寄せた。

『言っておくことは、もう一つある。王室規範により、十年子が出来なかった王妃は実家に帰されることになっている。だがそれより先に、ルーク様が本当に娶りたい相手を見つけた暁には、速やかに王妃の座を退いて欲しい』

公爵は言い終えると、きつく唇を引き結んだ。

こんな台詞言いたくはなかったと、彼の顔には書いてある。

プリシラは奇妙なほど落ち着いた気持ちで、父の通告を受け入れた。

終わりの見えている婚姻を結ばなければいけないことより、期待されている役目をきちんと果たせるかどうかの方がやはり気になる。

押し黙ったプリシラを見て、公爵は憐れみと悲しみが入り混じった表情を浮かべた。

『君は全てを、この国に捧げねばならない。大切に慈しまれることはなく、見返りのない献身の日々を過ごすことになる。おそらく子は持てないだろう。いずれ離縁出来たとしても、過ぎ去った若さは戻らない。……すまない、プリシラ。本当にすまない』

血を吐くような謝罪に、プリシラは無言で首を横に振った。

おそらく父は、娘が好奇心に抗えないことを知っていた。知っていて、話を続けたことを謝っている。

だが、公爵を責めることは出来ない。

一連の話を聞いて、プリシラはおおよその事情を理解した。

ルークと結婚するのは、他の誰でもなく自分でなければならなかった。選択肢など最初からなかったのだ、と。

マレット公爵が若き国王を公に庇護する為には、義理の父という立場が必要だし、秘密を共有する相手は、慎重に選ばなくてはならないから。

前国王夫妻が、王弟レイモンドが起こした無理心中により亡くなったこと。そのせいで唯一の跡継ぎであるルークが壊れかけていることが知れ渡れば、国中が混乱してしまう。

「――お嬢様、リボンが！」

回想に耽っていたプリシラは、メイドの高い声にハッと我に返った。

視界の端を艶やかな紺色が過ぎっていく。

家を出る前に母が結んでくれたリボンの色だ、と気づいた時には遅かった。

知らぬ間に緩んだらしいリボンが、プリシラの癖のない髪からするりと抜け落ち、窓の外へと落ちていく。

「あ……！」

リボンを追って精一杯伸ばした手は、むなしく空を掻いた。

そのまま風に飛ばされて見えなくなれば諦めもついたが、リボンは窓の真下の芝生にふわりと着地した。一面の緑の中、ちっぽけな紺色が所在なさげに横たわっている。

リボンなら使い切れないほど持っていた。

だが母が手ずから結んでくれたのは、あのリボンなのだ。

鏡越しにこちらを見つめる母の瞳が涙で潤んでいたことを思い出し、ぎゅっと拳を握る。

「私、取って来る」

「それなら、私が――」

侍女が声を上げたが、プリシラは「いいえ、大丈夫」と断った。

結婚が急に決まったことで、一番割を食っているのはプリシラ付きの使用人達だ。ただでさえ忙しい皆の手を煩わせるわけにはいかない。

「することがなくて退屈だったし、ちょうどいいわ。ついでに見回ってくる」

「では、誰かお供をお付けしましょう」

「それも大丈夫よ。この南の宮はどこより安全だと、お父様が仰っていたもの。マレット家の者以外は早々立ち入れないようにしてあるんですって」

「では、外には出ないで下さいね。それと、あまり遅くならないで下さい」

「分かった、約束する」

屈託ない笑みを拵え、明るく請け負う。

「素敵なところですものね。お嬢様がはしゃぐお気持ちも分かります」

別の侍女が笑いながら言うと、皆が一斉に頷いた。

「先代の王女殿下が使っておられた宮殿なのでしょう？　わざわざお嬢様の為に空けて下さるなんて、破格の待遇ね」

「それほどお嬢様が望まれているということよ。身内ばかりの安全な場所にして下さったのも、お嬢様のお心を慮って下さっているからだわ」

「どうかしら。公爵様が娘可愛さに、無理を通されたのかもしれなくってよ」

軽口を叩きながら笑いさざめく彼女達を、どこか懐かしい気持ちで眺める。

今までのプリシラなら、一緒になって笑っていただろう。

「……お嬢様？　ぼんやりして、どうされました？」

「何でもない！　じゃあ、行って来るわ」

プリシラはにっこり笑って、扉へ向かった。

周囲には自分が、明るい未来に胸を弾ませているように見えている。

それでいい。いや、そうでなくてはならない。

秘密は誰にも明かせない。何か悩みがあるのでは、と彼女達に思わせてはならない。

心の中で渦巻く不安を抑え込み、今まで通りの態度を貫かなくてはならないのだ。

呑気に過ごしてきた平和な生活が、みるみるうちに遠ざかっていく。

無邪気に笑っていられた過去への懐かしさを振り切り、プリシラは足早に歩き始めた。


建物の中央に設えられた大階段を降り、一階へと出る。

ちらほらと見える使用人達は、なるほど見知った顔ばかりだった。宮殿の出入り口を守る衛兵までマレット家で雇っていた者らしい。

『ラドクリフ侯爵を覚えているかい？　彼の息子が今、ルーク殿下の側近を務めていてね。うちの娘が殿下の伴侶として王宮に上がることになったと言ったら、色々と融通を利かせてくれたんだ』

マレット公爵が嬉しそうに話していたことを思い出す。

侍女が冗談めかして口にした『公爵が娘可愛さに無理を通したのでは？』という台詞は、あながち間違いではないのだ。

ラドクリフ侯爵は、父がもっとも信頼する友人であり、この国の宰相でもある。

彼には今年二十一歳になる息子がいる。確か、ジョシュアという名前だった。現在マクファーレン子爵を名乗っている彼は、未婚令嬢の憧れの的だと侍女達が話していた。

マレット公爵家に仕えている侍女は、基本的に下級貴族の娘だ。宿下がりの際に、親に連れられ社交の場に出ることもある。

休暇を終えて公爵家に戻ってきた侍女は、休憩時間にそれとなく集まり、パーティでの出来事を報告し合うのが常だった。主人であるプリシラを誘う者はいないのだが、ちゃっかり端に加わってしまえば、追い出されることはなかった。

「ここだけの話」という前置きは、人の口を軽くさせる。

率直な感想は時に辛辣さと同意義であることを、プリシラは侍女達に教わった。

特に未婚の青年に対しては辛口なものが多く、好き放題こき下ろされる側が気の毒になるほどだ。

ところがジョシュア・マクファーレンについては、誉め言葉以外を聞いたことがない。

『切れ長の瞳が素敵』だとか『どこから見ても美形で死角がない』だとか、『とても優秀で、重臣達にも一目置かれている』だとか、彼女達は我先に彼の美点を挙げていく。

誰もが魅了される完璧な貴公子――そんな男性が本当にこの世にいるのだろうか。

『その方にだけ、やけに点が高いのね。あなた達が子爵から賄賂を貰っていると知っても、私は驚かないわよ？』

呆れたプリシラが言うと、皆は口を揃えて『お嬢様も実際にお会いになれば分かります』と答えるのだった。

その貴公子が、マレット家の者で固めた自分の為の宮殿を用意してくれたという。

いつか会えたら、心からの感謝を伝えよう。そう心に決めたプリシラだったが、その「いつか」は思うより早くやってきた。

自室から見下ろした時はすぐ近くに感じた中庭だが、かなり遠回りしなければ行けないようになっていた。ようやく辿り着いた頃には、紺色のリボンは影も形もない。

あれからまた風に飛ばされてしまったのだろうか。時間がかかったのだから仕方ないとは思うものの、どうしても諦めきれず、近くの植え込みや樹木を探し始める。

茂みをかき分けたり、背伸びして小枝を引っ張ったり。懸命に捜してはみたものの、リボンは見つからない。

プリシラが長い溜息をつき、そろそろ戻らなければ皆を心配させてしまう。

ドレスの裾についた土汚れを払ったちょうどその時。

「——もしかして、君が探しているのはこれかな?」

背後から柔らかい低音が響いた。

弾かれるように振り向いたプリシラは、突然現れた青年を見て、大きく目を見開いた。

真っ先に飛び込んできたのは、切れ長の美しい瞳だ。

エメラルドを思わせる碧色の虹彩を、濃い紺色が縁どり際立たせている。スッと通った鼻筋と薄い唇とのバランスも完璧だった。近づきがたさすら感じさせる美貌だが、瞳に少しだけかかった長めの前髪が絶妙な色気を醸し出し、全体の雰囲気を和らげている。

彼の容貌を一言で表すのなら『これまで見たこともない美青年』だ。

「え、っと……ごめんなさい、今、なんと仰って？」

「随分驚かせてしまったみたいだね」

青年は優しく言うと、左手を差し出してきた。

大きな手のひらの上に載っているのは、探していた例のリボンだった。

「それは……！　ありがとう、あなたが拾って下さったのね」

「やっぱり落とし物だったんだ。状態が良いから、そうじゃないかと思った。これから誰かに預けに行こうとしていたところだよ。その途中で、何かを一生懸命探している君を見かけたってわけ」

耳に心地よい良い声だ。顔の造形がいいと、声まで美しくなるのだろうか。

プリシラは心の中で感嘆しながら、リボンを受け取った。

「お手を煩わせてしまってごめんなさい。無くさずに済んでよかったわ」

「よほど大切なものなんだね。すごくホッとした顔してる」

青年は悪戯（いたずら）っぽく微笑むと、もう一度プリシラに手を差し出した。

「貸して。結んであげる」

突然の申し出にきょとんとしたプリシラを見て、青年はおかしそうに瞳を細めた。

完璧な美貌がその一瞬で、甘く優しいものに変わる。

「髪、ぼさぼさだよ。そんな恰好で帰ったら、上役に怒られてしまうんじゃない?」

どうやら彼は、自分をメイドだと勘違いしているようだ。

己の恰好を見下ろし、それも仕方ないと納得する。探索に夢中になり過ぎたせいで、ドレスはすっかりよれているし、下ろしたままの髪もほつれてしまっている。

「私は――」

プリシラ・マレット。マレット公爵家の娘よ。

そう続けるはずだったのに、何故(なぜ)か言葉が出てこない。

言いたくない、と咄嗟(とっさ)に思ってしまったのだ。

青年は腰に長剣を佩(は)いていた。近衛騎士の制服ではなく洒落た上着を羽織ってはいるが、おそらく王宮勤めの騎士だろう。

目の前にいる娘が『ルーク王子の婚約者』だと知ってしまえば、彼の態度は一変する。恭(うやうや)しく丁寧で、明確に上下の線を引いた振る舞いに変わる。それが当たり前だと頭では理解出来るのに、出来ればこのまま打ち解けた態度でいて欲しいと願ってしまう。

一度浮かんだ願望は、大きな顔をしてプリシラの心の真ん中に居座った。

「私は、いいわ。そんなことまでさせたら、悪いもの」

「もしかして、私の腕を疑ってる? 大きな口を叩くけど、実は下手なんじゃないかって」

からかいを帯びた声が頭上から降ってくる。プリシラが遠慮しているのではないかと気を回してくれたようだ。

「……では、お言葉に甘えようかしら」

せっかくの厚意を撥ねつけるのも悪いと思い直し、リボンを再び彼に渡す。

「うん、いい子。それじゃ、後ろを向いて」

いい子、だなんて誰かに褒められたのは、数年ぶりではないだろうか。

胸の奥がむず痒い。言われた通り背中を向けたが、今度は心臓が早鐘を打ち始めた。

マレット家には、当然男性の使用人もいる。ほどけたブーツの紐を従者が結んでくれることもあれば、馬車の乗り降りで御者の手を借りることもある。若い男性に慣れていないわけではないのだ。それなのに、どうしてこんなに緊張してしまうのだろう。

相手が目を見張るほどの美青年だからだろうか。

「……あー、だいぶ絡んでるな。さすがに櫛は持ってないんだ。痛かったら言ってね」

青年は断ると、手櫛でプリシラの髪を整え始めた。

時折、頭皮を引っ張られる感覚はあったものの、青年の手つきは非常に慎重で、優しかった。しかも慣れているのか、あっという間に広がっていた髪を綺麗に纏め、くるりとリボンで結んでしまう。一連の作業は流れるようにスムーズだった。

「よし、これでいい。久しぶりだけど、上手くいったよ」

青年はそう言って、一歩後ろに下がった。

そっと手で触って確認してみる。

蝶々結びにされたリボンは、侍女が結ぶものと同じくらい綺麗に整っていた。

「すごいわ……！　本当にありがとう。騎士様だと思ったのだけど、本当は髪結い師だったりしない？」

「しない、しない」

青年は、ふは、と噴き出し、気持ちの良い声で笑った。

「でも、そうだな。騎士ではないけれど、南の宮の管理責任者として、君の名前を聞いておこうかな？　ここは新しい王妃様の為の宮殿だよ。たとえ王宮で働いているとしても、マレット家以外の者は立ち入ったら駄目なんだ」

笑い収めると、彼はそう言ってプリシラの返事を待った。

「……管理責任者？」

「そうだよ」

「では、あなたが、ラドクリフ侯爵様のご子息なの……？」

信じられない思いで問い返す。

目の前の気さくで親切な青年が、例の完璧な貴公子と上手く結びつかない。

確かに『切れ長の瞳は素敵』だし、『死角のない美形』ではあるが、完璧な貴公子という言葉には、高嶺の花的なツンと澄ましているイメージがある。

「ああ。はじめまして、小さなお嬢さん。管理者と聞いてすぐに私の名が浮かぶのなら、少なくともよそから迷い込んだのではないね」

「私は小さくないわ！」

驚愕のあまりポカンと開いていた唇をきゅっと結び、抗議する。

社交界にデビューしていないからといって、子ども扱いをされるのは心外だ。

「そうなの？　てっきり妹くらいの年なのかと」

青年がわざと目を丸くする。

プリシラはむう、と眉間に皺を寄せたまま問い返した。

「妹さんはお幾つなの？」

「今年、九つになった」

「そんなわけないじゃない！」

「ふふ、からかってごめんね。くるくる表情が変わるのが可愛くて、つい。もちろん冗談だよ。勤めに出ているんだから、十六にはなってるよね」

可愛いという台詞に、今度は頬が熱くなる。

彼の言う通り、青くなったり赤くなったり、自分の面相はさぞ面白いことになっているのだろう。

だが、続けて言われた『勤めに出ている』というくだりで、プリシラは後に引けなくなった。今更、自分が宮殿の主だとは言い出せない。

青年は邪気のない笑みを浮かべ、こちらの返事を待っている。

プリシラは悩んだ末、嘘とも本当ともつかない言葉を選んだ。

「私は、十五よ。マレット家の者だから、安心して」

「それならよかった。今は休憩中？　私とここで話していて、誰かに怒られたりしない？」

「……しない、と思う」

即答しなかった理由を何と勘違いしたのか、ジョシュアの眉が曇る。

「君の上役のところへ一緒に行こうか。私がつい引き留めてしまったのがいけなかったと話すよ」

「い、いいえ。大丈夫！　みんなとっても良い人だし、怒られたりしないわ」

慌てて両手を振る。

メイドのところへ連れて行かれたら、一瞬で素性が露呈してしまう。

どちらにしろ半月後の結婚式、いやもしかしたら来週の顔合わせで、彼は今話している娘が誰なのか知ることになる。

それまででいい。少しでも長く、他愛のないやり取りを楽しんでいたかった。

「でも、なかなか帰ってこなくて心配してるかもしれない。そろそろ行くわね。今日は本当にありがとう」

（宮殿を用意して下さったことにも、深く感謝します）

心の中で付け加え、丁寧に膝を折る。

「分かった。もうリボン、落とさないようにね」

「ええ。さようなら、マクファーレン様」

青年は優しく微笑み、小首を傾げた。

「ジョシュアでいいよ。君のことは、なんて呼べばいい？」

まるで妹を見るような温かい眼差しに、胸が痛くなる。

彼は『冗談だ』と言ったが、小さな妹の面影を自分に見ているのだろう。もしかしたら、髪や目の色が同じなのかもしれない。もしくは、地味な顔立ちが似ているのかも。

今度もし会えたら、その時まだこんな風に話せていたら、そのことも聞いてみよう。

「リラ、よ」

とっさに出てきたのは、自分の名をもじったものだった。

「いい名前だ。じゃあね、リラ。仕事頑張って」

最後までこちらを疑う素振りはなく、彼は踵（きびす）を返した。

遠ざかる背中を見送ってから、プリシラも歩き出す。

ジョシュアとのやり取りをぼんやり思い返しながら歩いたせいだろうか。行きとは違い、あっという間に自室にたどり着いた。

「お帰りなさいませ、お嬢様」

「ああ、リボン、見つかったんですね」

「ご自分で結んだんですか？　とても綺麗に結ばれましたね」

侍女やメイドはプリシラの帰還に気づき、一斉に顔を明るくした。嬉しそうな様子で口々に話しかけてくる。

「そうなの、見つかってホッとしたわ」

彼女達の問いに律儀に答えていくプリシラだったが、自分で結んだのか、という質問には答えることが出来なかった。

今日はもう、沢山嘘をついた。

これ以上は心が重くなり過ぎて、浮上出来なくなってしまう。

「なんだか疲れたわ。休憩してきてもいい？」

「もちろんです！　寝室はすでに整えてあります。少し休めば疲れも取れましょう」

「ありがとう」

メイドの手を借り、ドレスから部屋着へと着替える。

リボンを解こうとしたメイドの手をそっと押さえ、プリシラは首を振った。

「これは取らないで。そのまま休むわ」

「はい。でも、頭が痛くなったりしないでしょうか？　やけにきっちり結わえてありますけれど……」

ジョシュアはこれからプリシラが働くと思っているようだった。簡単には解けないよう、きつめに結んでくれたのだろう。

親切な気遣いにほっこり胸が温まる。

「大丈夫よ。痛くなったら、自分で解くわ」

「分かりました。では、失礼致します」

メイドが下がり、広い寝室に一人残される。

公爵家で使っていた寝室も豪華だったが、桁が違う。

寝台の脚や天蓋を支える四柱に施された意匠は驚くほど細やかで、使われている素材も高価なものばかりだ。

すべらかな絹のシーツに、羽根のように軽い上掛け。

それらを肌で感じながら、ゆっくり横たわる。

新たな王妃の為に用意されたあらゆる贅沢を、プリシラはただ受け入れるしかなかった。

序章二　ジョシュア・マクファーレン

『王妃の座には、マレット家のプリシラ嬢を据えることになった』

ジョシュア・マクファーレンは、父であるラドクリフ侯爵の言葉に軽く目を見張った。

宰相を務める彼の執務室に呼ばれた時から、例の件で何か進展があったのだと予想はしていたが、まさかこれほど早く決まるとは……。

重臣達は、ルークの戴冠式と結婚式を一度に済ませるつもりらしい。前国王夫妻の急逝(きゅうせい)にまつわる様々な憶測を、慶事を重ねることで吹き飛ばそうというのだろう。

確かに、まだ若いルークには揺るぎない後ろ盾が必要だ。マレット公爵が引き受けてくれるのなら、言うことはない。

外務大臣を務めるマレット公爵は、高潔な忠臣として知られている。彼ならば、ルークが独り立ちするまで、何があっても支え抜くだろう。

だが、公爵と同じ覚悟を娘にまで要求するのは、酷な話だ。

マレット公爵家の姫は一人しかいない。確かまだ十五か十六だったと記憶している。

彼女は、娘盛りを名ばかりの夫の介護に費やすことになると知った上で輿入れしてくるのだろうか。ルークが持ち直す保証はどこにもない。もしかしたら数年で回復するかもしれないし、一生あのままかもしれない。

マレット家の令嬢を王妃に据えることが今考えられる最善策だとしても、成人すらしていない少女を犠牲にすることに抵抗を覚えた。

『――ルーク様は妻を娶れる精神状態にないと、ご令嬢は知っているのですか？』

『ああ、もちろんだ。マレット公は、例の事件についての大まかな概要と、王妃とは名ばかりで、実際にはルーク様が持ち直すまでの世話係になるであろうことを話したそうだ。ご令嬢は全ての事情を承知の上で、この話を受けてくれた』

侯爵はどこか誇らしげに答えると、表情を引き締め、こちらをひたと見据えた。

『マレット家にばかり負担をかけるわけにはいかない。我々も、骨身を惜しまずルーク様を支えていかなければ』

『それはもちろんですが……』

具体的にはどうしろというのだろう。続きがあるのかと待ってみたが、父は『分かっているのならいい』と頷き、話を切り上げた。

ラドクリフ侯爵家の嫡男として生を受けたジョシュアは、それこそ生まれた時からいずれ誕生するはずの王子の側近になることを期待されてきた。

周囲の予想通り、ジョシュアが五歳の時に、王妃が男児を産んだ。

父に手を引かれ、ふくふくとした赤ん坊を見に行ったことは、今でも薄ら(うっす)と記憶している。やがて王子の遊び相手として呼ばれる機会が増え、家よりも王宮に滞在する時間の方が長くなった。

幼い頃から王子の従者の真似事をしてきたわけだが、ジョシュアがそれを負担に思ったことはない。ルークは五歳上のジョシュアによく懐いたし、聡明な王子と過ごす時間は純粋に楽しかったからだ。

ジョシュアは十六歳でマクファーレン子爵を名乗り、正式にルーク王子の側近となった。

当時、ルークは十一歳。天真爛漫でまっすぐな方だというのが、ジョシュアがルークに抱いた最初の印象で、それは彼が成長しても変わらなかった。王位を継いだ暁には、さぞ名君になることだろうと誰もが期待を寄せていた。

——だが、あの事件で全てが変わってしまった。

王弟の手によって国王夫妻が殺害されるなどと、一体誰が予想出来ただろう。

事件が起こった時、ジョシュアは二十一歳に、ルークは十六歳になっていた。

王弟レイモンドと国王の兄弟仲は良好で、不吉な兆候はどこにもなかった。

ローレンス王国はある日突然、国王と王妃、そして王弟を喪ったのだ。

不幸は、国王夫妻が亡くなったことだけではない。命こそ無事だったものの、犯行現場に居合わせたルークの心がずたずたに引き裂かれたことも、大きな不幸だと言える。

レイモンドは月に一度、国王一家を晩餐に招いていた。

ルークは叔父の手厚いもてなしをいつも楽しみにしていたし、周囲は仲の良い王族の交流を微笑ましく見守っていた。あの日も彼らは、平素と変わらぬ和やかな時間を過ごすはずだった。

いつもと違ったのは、使用人達が部屋から出されていたこと。個人的な相談があるので人払いをして欲しいと頼まれた国王が、護衛騎士を別室に控えさせていたこと。

ジョシュアも退室しようとしたのだが、何故かレイモンドに残っていいと言われ、テーブルの末席に着くことになった。

レイモンドが何を思ってあのような凶行に及んだのか、ジョシュアには分からない。

彼は心底満足そうな様子で食事を楽しみ、デザートを平らげ、そして席を立った。急に立ち上がった義弟を見上げ、不思議そうに首を傾げた王妃の顔が、今でも忘れられない。

レイモンドは、優雅な所作で懐から短剣を取り出した。

柄に施された見事な細工でも見せるつもりなのだろう、とジョシュアは思った。彼が外国から手に入れた収集品を自慢することは、今までにもあったからだ。

国王夫妻も同じ感想を抱いたようで、期待に満ちた眼差しをレイモンドの手元に向ける。

ところが彼は、そのまますらりと鞘を抜き、白刃を煌(きら)めかせた。

そして不要な食器を片付けるようなさりげなさで王妃と国王を刺した後、自らの喉を掻き切って果てたのだ。

全てがあっという間の出来事で、ルークとジョシュアは一歩も動けなかった。

惨劇を目の当たりにしたルークは、悲鳴さえ上げずに気を失い、ジョシュアだけがその場に取り残された。

正直なところ、ジョシュアの神経も限界だった。奇妙な悪夢の中に放り込まれたような気分で、とてもじゃないが現実に起こったこととは思えない。吐き気を堪えながらかろうじて立ち上がり、血の匂いが立ち込める部屋の外に出る。

犯行が静かに完遂されたせいで、護衛騎士達が異変に気付いた様子はない。

ジョシュアは玄関ホール脇の小部屋で待機していた従者のもとへ行き、父である宰相を呼んで来るよう言いつけた。

『至急駆けつけられたし』

短い走り書きの文字は、手が震えるせいで酷い悪筆になった。

突然の早馬に只事ではないと察したのだろう、父はマレット公爵を伴い、文字通り離宮へ駆けつけてきた。

その後のことはよく覚えていない。気づけば、王宮に戻っていた。

私室で呆然と立ち尽くしているところへ、ルークが意識を取り戻したとの報告が入る。

『一体殿下はどうされたのでしょう。大層お怒りのようで、手が付けられないのです』

慌てふためく侍従を下がらせ、ルークの元へと急ぐ。

目覚めたルークは、獣じみた唸り声を上げ、荒れ狂っていた。

『叔父上っ！　なぜ！　なぜだ……っ！』

血を吐くような叫び声が、ジョシュアの耳に突き刺さる。聞き取ることができた意味のある言葉は、それだけだった。

錯乱したルークを抱き締め、半ば無理やり薬を飲ませて眠らせる。

五歳年下とはいえ、ルークの腕力は大人の男に近づいている。ようやく静かになった時には、あちこちに爪で抉られた傷が出来ていた。痛まないわけではなかったが、ルークの心に刻まれた傷はこれっぽっちでは済まないと思うと、もっと深い傷ならよかったのにと感じずにはいられない。

あの場に居合わせながら誰も守ることができなかった己への失望と憤りは、今もジョシュアの中で燻り続けている。

表に出すことは決してないが、心の一部を毒に浸されたような気分だった。

ジョシュアですらそうなのだから、ルークの苦悩は計り知れない。

それでも時は進んでいき、事件から二ヶ月が経った。

痛みを癒す(いや)には短すぎる時間だが、しきたりで決められた喪が明ける。

次の王位継承者は、前国王の喪が明けてひと月以内に王座につかなければならない決まりだ。事件を知る臣下達は秘密裏に会合を持ち、これからどうすべきかを話し合った。

早すぎる、とジョシュアは反対した。錯乱して暴れる回数が減っただけの不安定な状態で、国王が負わねばならない激務と重圧に耐えられるはずがない。

せめて一年は休養した方が、と提案したのだが、長く王位を空けてはおけないと強く主張したのは、他でもないルークだった。

『お前の気遣いは有難い(ありがた)。だが私が長期の療養に入れば、一体何があったのかと事情を知らぬ者達が不審がるだろう。父上達の死について、探る者が出てくるかもしれない。……あの件について、興味本位な詮索(せんさく)はされたくない。誰にも、絶対に、されたくない！』

ルークが零した悲痛な本音に、ジョシュアは息を呑んだ。

前国王夫妻は完全な被害者だが、親しく交流していた血族の無理心中に付き合わされたと分かれば、裏で何かあったのではと勘繰る者が出てきてもおかしくない。

ルークの懸念を「考え過ぎだ」と受け流すことは出来なかった。

現に同時期に国王夫妻と王弟が亡くなった事実は、様々な憶測を呼んでいる。王宮付きの医師が事件後すぐに病死と発表した為、大っぴらな騒ぎになっていないだけだ。

　ジョシュアは乾ききった唇を動かし、当たり障りのない答えを絞り出した。

『分かりました。殿下のご意向に背く真似は、誰にもさせません』

『頼んだぞ、ジョシュア。私は、この国を護らねばならない。私情で揺るがしてはならない。それが、父上と母上への手向けにな……うっ……』

　ルークが両手で口を押さえ、屈みこむ。

　生前の彼らに思いを馳せる度、否応なく最期が蘇ってきてしまうのだろう。

　苦しげに丸まった背中を、懸命にさする。まだ薄い背中に痛ましさを覚えつつも、目前で両親を殺された悲しみを『私情』と言い切るルークは、やはり王の器なのだと思った。

　侯爵から王妃が決まったことを知らされた後、ジョシュアはすぐにルークのもとへと向かった。

『――私なら大丈夫だ。ラドクリフとマレットから話は聞いている』

　その日は調子が良かったのか、ルークはきちんとした恰好でソファーに腰掛けていた。

『マレット公を姻戚に迎えることで得られる利は大きいと言えます。殿下の立場はより盤石なものとなり、政務も格段に楽になります』

　この度の婚姻がもたらす益を挙げてみる。ルークは『そうだな』と素直に同意した。

　だが、それ以上は何も言わず、疲れたように眉間を押さえる。

　しばらく無言の時間が続いた後で、ルークは再び口を開いた。

『プリシラ、と言ったか。どうか彼女を気にかけてやってくれ。不幸にしたいわけではないが、私には無理だ。近づくことすら出来るかどうか分からない』

彼の声には紛れもない嫌悪感が滲んでいる。

王妃を拒むルークを諭すことも窘めることも、ジョシュアには出来なかった。

彼の複雑な気持ちが痛いほど分かったからだ。

ラドクリフ侯爵が秘密裏に調査したレイモンドの離宮からは、一冊の日記が見つかった。

その日記には、王妃との出会いの日から事件前日までの出来事が、淡々と綴られていた。

レイモンドは昔から王妃に横恋慕していたのではないか、というのが父の出した推論だ。

四十を過ぎても独身を貫く王弟には、男色家ではないかという噂があったが、実際は違ったのかもしれない。

いつ、何をきっかけに、臨界点を超えてしまったのかは、誰にも分からない。

想い人と実の兄である彼女の夫を道連れに消えたいと思わせる何かが起こったのか、それとも特に何もなく、単に今夜終わらせようと決めただけだったのか。

焦がれるほど誰かを慕ったことがないジョシュアには、想像することさえ出来ない。

ルークへの報告は非常にぼかしたものになったが、それでも聡い彼は真実を察したようで、女性への忌避感をあらわにし始めた。特に、年頃の娘への生理的拒否感が強く、若いメイドが視界に入るだけで眉間に深い皺を寄せる。近づかれると吐いてしまう。

このままではいけないと本人にも分かっているらしく、何とか克服しようと努力しているものの、改善のきざしは見られない。おそらく、両親を喪う原因となったレイモンドの横恋慕が、酷い心的外傷となっているのだろう。

年頃の女性を目にする度、レイモンドと母の間に何があったのか想像してしまう、とルークはこっそり打ち明けてきた。

『叔父がずっと母を自分のものにしたいと願っていたのかと思うと、怖気(おぞけ)が走るんだ。気持ち悪いのは、女性自体じゃない。あんな風に人を狂わせる色恋沙汰が、気持ち悪くて仕方ない。メイド達には何の関係もないと頭では分かっているのに、勝手に身体が強張(こわば)る。……私もおかしくなったのだろうか』

『いいえ、そうではありません。殿下と同じ目に遭えば、誰だってそうなるでしょう。どうか、あまり悩まれませんように。無理に治そうとして治るものではありません。時だけが薬になると、医師も言っておりました』

『そうか……。王妃を娶れば、そうも言っていられないだろうがな』

主の口元に浮かんだ小さな笑みを見て、ジョシュアは密かに安堵(あんど)した。

自嘲めいたものではあるが、ルークの表情が明るい方へと動いたのは事件後初めてのことだった。

『公務には差し支えないよう努力はするつもりだが、何かあった時のフォローは頼む』

ルークは笑みを消すと、真剣な表情で頼んできた。

『もちろんです』

胸に手を当てて頭を下げる。

ジョシュアは、苦悩の只中に立たされたままのルークと、そう遠くない未来に立つ王妃に深く同情した。王妃だからと言って、ルークの嫌悪の対象から外れるとは思えない。

さすがに表立って冷遇されることはないだろうが、寵愛を受けることはないだろう。

夫であるルークに遠ざけられたとしても、王妃は国王の傍にいなければならない。いつ解放されるか分からない日々の中、幸せな振りをし続けなければならない。

せめて少しでも息がしやすい環境を整えなければ、彼女まで壊れてしまう。

可能な限り、新しい王妃を守ろう。

主であるルークに頼まれたという事実も、そんなジョシュアの決断を後押しした。

その時のジョシュアがまだ見ぬ王妃に抱いた感情は、単なる同情でしかなかった。

——そして今日、いよいよプリシラ・マレットが王宮へとやって来た。

沢山の嫁入り道具を積んだ馬車が続々と王宮の正門をくぐる様を、ジョシュアは自室の窓から眺めた。

プリシラの為に用意したのは、日当たりの良い南向きの宮殿だ。彼女が気兼ねなく過ごせるよう、丸々一棟を王妃専用とした。

全ての出入り口には、不審な輩や彼女の敵となる者が入り込まないよう、マレット家の衛兵を王宮騎士として雇いなおし、配置してある。

ジョシュアの采配に、マレット公爵はいたく感激していた。

『私では気づけぬこともあるでしょう。どうか、娘をよろしくお願いします』

深々と頭を下げた公爵は、親の顔をしていた。

彼がラドクリフ侯爵にどう言ったかは知らないが、心の奥底では、幸せになれないと分かっている場所へ娘を送り込むのは嫌だったのだろう。

『出来る限り、心掛けます』

自分がそう答えたことを改めて思い出す。

ルークにもマレット公爵にも頼まれたのだ。新たな王妃の住まいに不備がないか、改めて確認しておかなければ。

ジョシュアは念の為、腰に長剣を佩き、自室を出た。

南の宮に近づくにつれ、賑やかな声が漏れ聞こえてくる。早速荷解きが始まったようだ。

門を守る衛兵達と目礼を交わし、建物の中へと進む。

南の宮は、前国王の姉の為に建てられた宮殿だ。かの王女が外国に嫁いでからは無人になり、どこか寂れた雰囲気を漂わせていた。だが今は、華やかな空気に満ちている。

建物自体は以前と何も変わっていないのに、不思議なものだと感心しながら宮殿内を見て回る。

外廊下に差し掛かった時、植え込みの上にポツンと置かれた紺色のリボンを見つけた。

ジョシュアは少し躊躇（ためら）った後、植え込みに近づき、リボンを拾い上げた。

ほんの先ほどまで使われていたのか、結び皺が残っている。それに、全く汚れていない。布の光沢や手触りから、このリボンが安物ではないことが分かる。

メイドが落としたのだとしたら、さぞガッカリしているに違いない。

末妹がお気に入りのリボンを失（な）くした時はしばらく落ち込んだというし、給金をはたいて購入したものなら尚更だ。

ジョシュアは、このリボンがプリシラのものかもしれないとは微塵（みじん）も考えなかった。

皆に大切に守られている公爵令嬢――しかも次期王妃が、外でリボンを落とすとは思えなかったのだ。落としたとしても、すぐに侍女か従者が気づくだろう。

途中でメイドを見つけたら、心当たりの者がいないか探して渡して欲しいと頼もう。

ジョシュアは気を取り直し、視察を再開した。本宮に繋がる出入り口の警備を確認した後、中庭へと足を向ける。

中庭は、王妃の私室のすぐ下にある。派遣した庭師から綺麗に整え直したとの報告は受けているが、確認しにいく暇がなかったのだ。

回廊から外に出た途端、視界が明るくなる。

眩い陽光の下、綺麗に刈り込まれた芝生が一面に広がる。花壇で揺れている季節の花々の彩りは鮮やかで、中庭を囲むように植えられた低木もきちんと手入れされていた。

これなら、王妃の目を楽しませることが出来るだろう。

中庭の状態に満足したジョシュアは、ある一点でふと視線を止めた。

先ほどは見えなかった白い物体が、木陰から飛び出してきたのだ。

ジョシュアを驚かせたそれは、飾り気のない白い膝丈のドレスを着た少女だった。

不審者には見えないが、一体ここで何をしているのだろう。

建物の外壁に軽く背を預け、しばらく少女を観察してみる。

彼女はジョシュアに気づくことなく、木々の周りをしばらくうろついていた。

しゃがみ込んで草むらを覗き込んだり、背伸びして枝を引っ張っては、弾かれてよろめいたり。何ともユーモラスな動きに、つい微笑んでしまう。

どうやら彼女は探し物をしているらしい。

そこでジョシュアは、上着のポケットに入れたリボンを思い出した。

少女の髪は下ろされたままだ。使用人ならば髪はきっちり結いあげているだろうし、そうでなくても、あれくらいの年の少女なら外出する時は髪を結うのが一般的だ。

「――もしかして、君が探しているのはこれかな?」

驚かせないよう充分な距離を取って、話しかける。

少女はこちらを振り向くと、大きく目を見開いた。

やけに存在感の薄い娘だった。

澄んだブルーグレーの瞳のせいかもしれないし、淡い金髪のせいかもしれない。全体的な色素の薄さが大人しい顔立ちと相まって、どこか妖精めいた雰囲気を醸し出している。まじまじとこちらを見つめる表情に邪気はなく、まるで小動物を相手にしているような感覚に陥った。

普段のジョシュアであれば、リボンを渡してすぐにその場を去っただろう。

立ち去りがたく思ったのは、少女の物怖じしない態度が新鮮だったからだ。

自分に対して臆せずはきはきと話す娘に会ったのは、身内を除きこれが初めてだった。

他の令嬢達とは、まともな会話が成り立たない。彼女達の口数は総じて少なく、声は小さかった。そういう礼儀作法を説く本があるのかもしれないが、気を遣うばかりで楽しいと感じることは殆どなかった。

ところが少女は、驚くほど話しやすい。

誰かと話していて屈託なく笑うことができたのは、本当に久しぶりだった。

特にあの事件以降、ジョシュアの心の一部は死んだように動かなくなっていた。

「ええ。さようなら、マクファーレン様」

少女は涼やかな声で言った。

「ジョシュアでいいよ。君のことは、なんて呼べばいい？」

マレット家に勤めているのなら、顔を合わす機会もあるはずだ。

こんな風にほんの少しでいいから、また他愛のない会話が出来たら、良い息抜きになるのではないか。そんな軽い気持ちで名を尋ねた。

翌日ジョシュアは、再び南の宮へと向かった。

もう点検する場所は残っていない。目当てはリラだ。

そうそう会えないだろうと思いながら、中庭へと足を向ける。

昨日も確か、これくらいの時間だった。本宮では昼食後の休憩時間にあたるのだが、南の宮でも同じだろうか。そわそわしながら回廊を出る。白いドレスが目に入った時は嬉しくなった。彼女は直射日光を避け、木陰に座って休憩していた。

「もう昼食は済んだ？」

「ええ。お腹いっぱいよ」

「それはよかった。使用人の福利はきちんとしておかないとね」

「大切なことよね。お腹と懐がそれなりに満たされてないと、主人に不満を抱きやすくなるものだから」

「その通り。君は満たされてる？」

「もちろん。王宮には財が有り余っているんだと思ったわ。こっそり宝物庫に忍び込んでみたくなったら、手厚すぎる福利のせいにするわね」

リラはわざと悪い顔を拵え、ジョシュアを笑わせた。

二人が共に過ごすのは、十分程度の短い時間だ。約束はしないし、話の内容も当たり障りのないものばかり。

それでもジョシュアは欠かさず南の宮に通ったし、少女も必ず中庭にいてくれた。

一週間が経った頃、ジョシュアの手元に南の宮に勤める使用人の一覧が届いた。

親の急病で実家に帰った者がいたようで作成に手間取ったが、こちらが完全版だという。

ジョシュアは早速、少女が教えてくれた「リラ」という名前を探してみた。

ところが何度探しても、リラという名の使用人は見当たらない。

ページをめくる指先が冷たくなる。考えたくはないが、リラは王宮の使用人だったのかもしれない。王宮には旧王弟派の勢力が未だに存在している。

彼らのうちの誰かが、リラにマレット家の者を騙らせ、次期王妃の身辺を探らせている可能性はある。

もしそうだとしたら、南の宮の警備は機能していない。

密偵を命じられるような娘には見えなかったが、ジョシュアには次期王妃を守る責任がある。身元の不確かな人間をそのまま放っておくことは出来なかった。

ジョシュアはその日も南の宮へと向かった。中庭には向かわず、まっすぐ奥へと進む。

メイド頭を見つけ、リラの正体を確かめるつもりだった。

だが、メイドより先にリラを見つけてしまう。

彼女はエントランスホールで、他のメイド達と共に楽しげに花を活けていた。

会話までは聞こえないが、すっかり馴染(なじ)んだ様子であることは分かる。

リラだけが揃いのお仕着せ服を着ていないのを見て、メイドではなく侍女なのかもしれないと思った。どちらにしろ、中庭にだけ現れる間者ではなかったようだ。

名前がリストになかったのは偽名を使われたからだと気づき、ジョシュアはおかしくなった。自分を忌避する女性にはこれまで出会ったことがない。無意識に自惚(うぬぼ)れていたせいで、彼女に警戒された可能性には全く気づかなかったのだ。

リラを囲んでいた他のメイドがこちらに気づき、会釈してくる。

リラは彼女達の仕草を見て、不思議そうにこちらを振り向いた。

ジョシュアと目が合うと、バツが悪そうに眉尻を下げる。

ここで無視されるようなら本気で迷惑だったのだろうから、こちらから話しかけるのは止めようと決意する。

楽しく話せる相手を失うのは正直惜しいが、一方通行では意味がない。

だがリラは困った顔をしながらも、手にしていた花を隣のメイドに預けて、ジョシュアに近づいてきた。

「こんにちは、ジョシュア様」

「こんにちは、お嬢さん」

もうリラとは呼べず、あえて他人行儀な挨拶を返す。

少女は目を丸くした後、訝しそうに眉根を寄せた。

「……えーと、もしかして拗ねてる？」

ジョシュアはまたしても笑ってしまった。

六つも年下の少女に、まさかそんな台詞を吐かれるとは思わなかったのだ。

宰相の一人息子で、次期国王の懐刀――己に与えられた肩書は重く、子どもの頃からその肩書に恥じない自分でいようと努力してきた。二十一になった今、その努力は実を結びつつある。ジョシュアは周囲からの尊敬を得る代わりに、親しい友人を得る機会を失った。今では気軽に話しかけてくる者は皆無と言っていい。

ところが少女は、いとも軽々と垣根を飛び越え、ジョシュアを「ただの子ども」扱いしてきた。相手がジョシュア・マクファーレンだと知ってなお、そうしてくれた。

「拗ねてるかもね。何故だと思う？」

「分からないから聞いてるんじゃない」

「それもそうか……。私はね、リラ。君が偽名を使ったことにショックを受けてるんだよ。

二度と話しかけるなという意味なら、最初にそう言って欲しかったな」

遠巻きにこちらを見守っていたメイド達がざわつき始める。

プリシラは小さく舌打ちすると、ジョシュアの腕をむんずと掴んだ。

若い娘でも舌打ちをするのかと驚く。しかも腕を掴む手の力は容赦がない。

どこまでも型破りな少女の行動に、ジョシュアは楽しくなった。

彼女が何をしても面白がってしまう自分が、我ながら不思議でならない。

少女はジョシュアを例の中庭まで引っ張ってきた。

ずっと押し黙っていた彼女は、そこでようやく手を離し、ジョシュアをひたと見上げる。

「偽名だと分かったのはなぜ？」

まっすぐな眼差しは、何故か切ない光を帯びていた。

「使用人名簿になかったから」

ジョシュアは問われるまま素直に答えた。そうしないと、少女が泣いてしまいそうに見えた。

「そう……そうよね。名簿だって当然あるわよね」

「ああ。それに後からきちんと照合するくらいには、私も仕事をしてるんだよ」

ジョシュアが冗談めかして言うと、少女は眩しいものでも見るかのように目を細めた。

「そうなんでしょうね。本当にすごいと思うわ」

シンプル過ぎる称賛だった。だが、今まで誰も言ってくれなかった言葉でもあった。

少女が芯からそう思っていることが伝わってくることも、ジョシュアにとっては意味があった。不意をつかれ、すぐには返事が出来ない。

「二度と話しかけるな、なんて思ってないわ。むしろ逆よ」

少女は続けてそう言った。逆とはどういう意味だろう。

「ではどうして、本当の名前を教えてくれなかったの？」

「こうやって楽しく話していたかったから」

少女は即答した。それから、じっとこちらを見上げてくる。

まるで懇願するようなその眼差しに、ジョシュアは困惑した。

改めて少女を観察してみる。彼女の肌と髪はしっかりと手入れされていた。

「……手を見せて」

彼女は一瞬迷ったようだが、逃れられないと悟ったのだろう。しぶしぶ両手を差し出してくる。綺麗に磨かれた爪といい、すべらかで透明感のある白さといい、働いたことのある人の手ではない。

彼女は一人だけ、お仕着せ服を着ていなかった。

突然持ち場を離れた少女を、周りは誰も注意しなかった。

「まさか、君は――」

「少しの間でいいの！」

ジョシュアが言いかけた彼女の本当の名を、少女は叫んで遮った。

「……あと少しでいいの。私を、マレット家で働くリラだと思ってくれない？」

少女の声は震えていた。

「とんでもないお願いをしている自覚はあるわ。でも、お願い。……私、ちゃんとするから。お役目は立派に果たしてみせるから」

泣くかと思ったのに、歯を食いしばって涙をこらえている。

見ているジョシュアの方が、泣きたくなった。おそらく彼女が、プリシラ・マレットだ。

彼女は自分が一週間後、どんな立場に置かれるのか、正しく理解している。理解した上で「立派に果たしてみせる」と言っている。

プリシラと自分は似た者同士なのだと、ジョシュアは唐突に理解した。

ジョシュアは己の立場に誇りを持ち、使命を果たすことに喜びを感じている。それでも時折、全てを重く感じることがあった。プリシラもジョシュアと同じなのかもしれない。

「分かったよ、リラ」

ジョシュアの返事に、プリシラは大きく目を見開く。

ああ、最初に会った時もこんな顔をしてたな、と思った。

ほんの数日前のことなのに、まるで随分昔から知っているような気がする。

「ほんとうに、分かったの？」

プリシラは信じられないように問い返してくる。

「君が言いたいことは、分かったと思うよ」

見て見ぬふりをして欲しいということだろう？

本来はこうして屈託なく話せる関係ではないことを、今は忘れろというのだろう？

「君の気持ちがそれで少しでも楽になるのなら、安い命令だ」

「……命令なんかじゃないわ。そんな風に言われるのが嫌だったのよ」

プリシラはか細い声で抗議してきた。あどけない顔いっぱいに落胆が広がっていく。

彼女にがっかりされると、とても堪えるのだと、ジョシュアは学習した。

「じゃあ、言い直そうか。どう言ったら、機嫌が治るかな……。この私に悪事の片棒を担がせるなんて、とんでもない悪女だ、とか？」

片眉をあげて嘯(うそぶ)いてみる。

プリシラはあっけに取られた後、くすくす笑い出した。

「そうね、そっちの方が百倍いいわ」

「じゃあ、来週まではそれで」

ルーク王子とプリシラの対面は、昨日終わっている。ルークは彼女から充分過ぎるほどの距離を取り、決して彼女の顔を見ないという作戦でその場を乗り切ったらしい。

ジョシュアがルークに付き添ったのは、歓談室の入り口までだった。
マレット公爵とプリシラが待つ部屋の中に入ったのは、ルークと宰相だけ。もしも昨日
供を許されていれば、今こんな風に彼女と話すことは出来なかっただろう。
戴冠式と結婚式は、予定通り七日後に、王宮内に建つ大聖堂で挙げられる。
王妃となったプリシラとは、二度と二人きりでは会えない。
これで最後なのだと思うと、無性に寂しくなった。
「来週なんて、きっとすぐね」
プリシラがぽつりと零す。彼女の声にも、紛れもない寂寥が滲んでいた。
それからの七日間は、飛ぶように過ぎた。
プリシラの願い通り、ジョシュアは昼過ぎの決まった時間に中庭を訪れ、そこで軽い世
間話をして過ごした。今までと何も変わらない、十分だけの憩いの時間。
以前と違ったのは、プリシラが本音を覗かせるようになったことだ。
「サポートって具体的に何をすればいいのかしら。お父様に尋ねても、『そこは臨機応変
に』なんてふんわりしたことばかり言うのよ？　失敗してあの方を追いつめてしまったら
どうなるのかと思うと、怖くて仕方ない。悩んでも意味がないと分かっているのに、暇が
あると考えてしまうんだから、嫌になるわ」
「素振りをしたらどうかな」

ジョシュアの提案に、プリシラは小首を傾げた。

「素振り？　ジョシュア様はそれで乗り切ってるの？」

「まあね。身体を動かすと、余計なことを考えずに済むのは確かだよ」

「私もやってみようかしら。……ふふ」

「変なアドバイスだったかな。そもそも、木刀を持ってないか」

「いいえ、違うの。『大丈夫』とか『何とかなる』とか、その場しのぎの気休めじゃなくて、具体的な助言を下さったのがおかしかったの」

「おかしいの？　そこは感謝するところだろう？」

「もちろん、感謝もしているわよ。ありがとう、ジョシュア様」

「どういたしまして。じゃあ、今度は私に助言を貰おうかな」

「いいわよ、話して」

「……嫌な夢を見る時は、どうすればいいと思う？」

プリシラと出会ってからというもの、事件当時の夢を見る回数は減っている。それでも突然襲ってくる悪夢は、ジョシュアの心を酷く落ち込ませるのだ。

夢の中でも、ジョシュアは何も出来ない。指一本動かせない。

「それなら、お母様に教わったおまじないが効くかもしれない。明日持ってきてあげる」

「まじない？　なんだろう」

「それは明日のお楽しみよ」

彼女は、どんな夢を見るのかとは尋ねてこなかった。

マレット公爵からおおよその事情は聞いて知っているはずなのに、あえて踏み込んでこない優しさに、ジョシュアは深く感じ入った。

共に過ごした半月の間、プリシラと約束を交わしたのは、そのただ一度だけだった。

翌日彼女は約束通り、安眠に効くというポプリを作って持ってきてくれた。

「ハーブピローというの。これを枕の傍に置いて眠るといいらしいわ。あとは、寝る前にお酒を飲むのは良くないんですって。何か飲むのなら、ミルク入りのハーブティーにしてみるといいかも」

「ありがとう、リラ。早速使ってみるし、やってみる」

手渡されたポプリからは、仄(ほの)かなハーブと薔薇の香りがした。

木綿の表地の端には、紅桃を形どった模様が縫い取られている。

「もしかして、これは君が？」

「ええ。紅桃には魔を祓(はら)う効果があるんですって。迷信かもしれないけど、試してみる価値はあるでしょう？」

「そうだな。それにすごく上手だ」

「これくらいは出来て当たり前だって知ってるけど、褒められるのは嬉しいものね。……

ありがとう」

プリシラがはにかみを帯びた笑みを浮かべる。

そのあまりの愛らしさに、ジョシュアは頭を撫でたい衝動に駆られた。

無意識のうちに上げかけていた手を、無理やり膝の上に戻す。

プリシラの頭を撫でていい男は、彼女の血縁か夫だけだ。

元より承知している事実を再認識しただけなのに、やけに胸が重くなる。

「ジョシュア様？　そんなに感動してしまったの？」

俯いたジョシュアを気遣い、プリシラが声を掛けてくる。

彼女らしい言い回しがおかしくて、ふ、と笑った。

「ああ。危うく嬉し泣きするところだった」

「泣くのは一人になってからにしてね。今は人に貸せるハンカチを持っていないの」

「分かった。次に持っていたら、言って。遠慮なく泣かせてもらうことにするから」

いつもの調子で軽口を叩くと、プリシラは笑いながら首を振った。

「次はないわ、ジョシュア様」

ジョシュアは眉を寄せた。結婚式は二日後。もう一日、猶予があるはずだ。

「明日は抜け出せそうにないの。だから、今日が最後」

プリシラはそう言って、まっすぐにジョシュアを見つめてきた。

「本当に今までありがとう。あなたのお陰で、気持ちを整えることが出来たわ」

ブルーグレーの瞳はどこまでも澄んでいて、眩しいほどだった。

彼女との何もかもを覚えておこう、と決意する。

子ウサギのようにリボンを探し回っていたこと。

偽名を使ってまで気安く話せる相手を欲しがったこと。

冗談が上手くて、何度も笑ってしまったこと。

不安で揺れていても、一度もここから逃げたいとは言わなかったこと。

「礼を言わなきゃいけないのは、私の方だよ、リラ。久しぶりにとても楽しかった」

ジョシュアはプリシラを見つめ返し、心を込めて言葉を紡いだ。

「正直、もうこんな風に話せないのは寂しいけどね。でも、また違う形で君を支えていける。私の主人はあの方だけだけど、君のことも出来る限り助けていくと誓うよ」

「……心強いわ」

プリシラは泣き笑いを浮かべて言った。

いつもはジョシュアが先に立ち上がり、中庭を後にする。だが今日は、自分を見送って欲しいとプリシラは頼んできた。

「あなたを見送ったら、泣いてしまいそう。せーの、で背中を向け合うのも寂しいし。だから、ジョシュア様が見送って」

「分かった。ちゃんと見えなくなるまで、ここにいる」

「ええ、お願い。……これで、まっすぐ背中を伸ばして歩けるわ」

プリシラはおもむろに立ち上がると、深く膝を折って淑女の礼を披露する。

「ごきげんよう、マクファーレン様。では、また」

さらりと流れた淡い金色の髪と、凛とした声に息を呑む。

正式に告げられた終わりに、ジョシュアの胸を鋭い痛みが走った。

何を悲しむことがある？　二度と会えないわけでもあるまいし。

感傷に沈みそうになる心を、叱咤して引き上げる。

ジョシュアも立ち上がり、腰を折って臣下の礼を取った。

「ええ、ではまた。部屋までお供できない非礼をお許しください」

頭を下げている間に、衣擦れの音がした。

顔を上げた時にはもう、プリシラの背中しか見えない。

背筋をピンと伸ばし、優雅な足取りで立ち去っていくプリシラは、もう「リラ」ではなかった。

第一章　闇を照らす光

急ごしらえにしては手の込んだ豪奢なウェディングドレスを身に纏い、プリシラ・マレットは父の腕に手をかけた。

「……心の準備は出来た？」

心配そうな父の問いにこくりと頷く。

自分でも不思議なほど、心は静かだった。

高らかに流れ始めた讃美歌を合図に、目の前の扉が押し開かれる。

プリシラは改めて姿勢を正し、ずっしりと重いドレスの裾を軽く蹴って歩き始めた。

王宮内にある大聖堂には、主だった貴族達がずらりと並び、バージンロードを歩くプリシラを見つめてくる。

一歩、そしてまた一歩と優雅に歩みを進める度、祭壇を背に立つルークの姿が薄いヴェール越しに近づいてきた。戴冠式を終えたばかりの彼は、白い礼装に身を包み、緊張した面持ちでプリシラを待っている。

ルークはこちらを見ているようで、実は見ていなかった。視線は、終始プリシラの首を彩るネックレスに固定されている。初顔合わせの時よりはマシだ。あの時は、身体ごと別の方向を向いていて、プリシラはルークの横顔しか見られなかった。

今、初めて彼の全貌を目にする。

くっきりとした眉といい、形の良い瞳といい、男らしい顔立ちだった。生気のない表情さえどうにか繕えば、凛々しい少年王に見えるだろう。

静まり返った聖堂の中、式は粛々と進行していく。

ルークの付添人を務めているのは、ジョシュアだった。

黒のモーニング・コート姿の彼は、溜息を吐きたくなるほどの美丈夫ぶりを発揮している。丁寧に梳かし付けられた髪のせいで、普段より大人びて見えた。

主役であるルークより目立っていいのだろうか。

プリシラは一瞬思ったが、すぐに彼の本意に気づく。

列席者の視線は、新国王ではなく脇に控えたジョシュアに集まっていた。

わざと華やかに装うことで、ルークから人々の意識を逸らそうというのだろう。

ジョシュアはプリシラの視線に気づくと、微かに眉を顰めた。

『私に見惚れていないで、自分の仕事をしなさい』

まるでそう注意されたような気分になり、それとなく視線を司祭に戻す。

ルークは堂々と振る舞おうと苦心していたが、頰からは血の気が引いていた。

「――では、誓いのキスを」

司祭が死刑宣告を告げる。

ヴェールを持ち上げるルークの手は、微かに震えていた。

司祭はそんな彼を微笑ましそうに眺めているが、ルークの手が震えているのは緊張しているからではなく、万が一にもこちらに触れたくないからだ。

ルークの手が肩にかかる。打ち合わせでは額に軽く口づける予定だったが、プリシラは今のルークには無理だと判断した。

「する振りをしてください。遠目には分かりません」

小声で素早く囁く。肩にかかったルークの指がぴくりと動いた。

やがて近づいてきた彼の唇は額の傍で止まり、そして離れていった。

「すまない」

聞こえるか聞こえないかの囁き声が耳朶を掠める。

良い方なのだ、とプリシラは思った。

父や宰相、それにジョシュアが肩入れするのも分かる。これほどぎりぎりの精神状態にあってなお、こちらを気遣うルークに感嘆した。

プリシラは呼吸を留め、息苦しさを堪えた。わざと頬を紅潮させる為だ。

頬が熱くなったのを確かめてから、司祭に気づかれないよう息を整える。

仕上げにふわりと微笑めば、幸せそうな花嫁の出来上がりだ。

幸せいっぱいのオーラを纏った新たな王妃を、列席者達は皆、盛大な拍手で祝福した。

鳴りやまない拍手の中、今度はルークの腕に手をかけ、歩いてきた道を戻っていく。

もちろん、実際に手は触れていない。ぎりぎりのところで浮かせている為、腕の筋肉が震えてきたが、プリシラはぐっと堪えた。

こうして式は無事に終わり、数時間の休憩を経て、夜の披露パーティが始まる。

パーティは意外にも楽だった。ルークとプリシラはただ上段に坐し、ひっきりなしにやって来る貴族達の祝いの言葉に頷いていればよかったのだ。

それでも社交界の夜は長い。南の宮へと戻った時には、夜はすっかり更けていた。

侍女の手を借りて豪奢なドレスを脱ぎ、湯殿へ向かう。広い浴場でゆったり身体をほぐした後、初夜の為に拵えられた純白のネグリジェに袖を通したプリシラは、ようやく人心地がついた気がした。

だがまだ気を緩めるわけにはいかない。

自分とルークには、もう一仕事残っている。

プリシラは侍女頭を呼び、あらかじめ用意していた文言を告げた。

「陛下直々に頼まれたのだけど、南の宮では私と二人きりで過ごしたいのですって。常に人に囲まれた生活を送っているからでしょうね。プライベートな時間は、極力人の気配がないところで寛がれたいそうよ。皆には申し訳ないのだけど、陛下が私のもとへ来ている時は、私が呼ぶまで近づかないで」

プリシラの説明に、侍女頭は神妙な顔で頷いた。

「承知致しました。ご不幸があったばかりですし、今も大変憔悴しておられるという話は聞いております」

「そうなの。だから、なるべく心安らかに過ごして頂きたくて」

「ご立派なお心がけですわ。では、夜のお渡りに限らず、陛下がいらっしゃる時は姿を見せない方がいいですね。皆にもそのように申し伝えます」

「そうして貰えると助かるわ。困ったことがあったら、私が皆のところへ行くわ。どうかお願いね」

侍女頭は二つ返事で頷いてくれた。

長い付き合いの彼女を騙すことに罪悪感がないわけではなかったが、ルークの秘密を守る為には仕方ない。

使用人の気配が消えた二階は、やけに静かだった。

襲ってくる眠気と戦いながら小一時間ほど待った頃、ようやく扉がノックされる。

プリシラは両頬を軽く叩いて、気合を入れ直した。

「どうぞお入り下さい」

緊張のせいか、怒ったような声になった。

扉がゆっくりと開いていく。

薄暗い廊下から姿を現した二人を、プリシラは唖然として見つめた。

やって来たのは、ルーク一人ではなかった。彼の後ろにはジョシュアが付き従っている。

事前の打ち合わせでは、護衛がついてくるのは南の宮の入り口まで。プリシラの私室にはルーク一人で来る予定だったし、そもそもジョシュアは護衛の数に入っていなかった。

それなのに彼がここまで付き添ってきたということは、ルークの体調が最悪だということでは……？

本音を言えば、今すぐにでも本宮に帰り、ゆっくり休んで欲しい。だが状況がそれを許さないことも分かっている。

ルークは扉近くの場所から、まるで床に縫い留められたように動かなかった。彼の顔からは一切の表情が抜け落ちている。一体なんと声をかけるのが正解なのだろう。そもそも、声を発していいのかも分からない。

困り切ったプリシラは、ルークからジョシュアに視線を移した。

ジョシュアはルークが動くのを待っていたようだが、これでは埒が明かないと諦めたのだろう、意を決したように口を開く。

「大変不躾ではありますが、寝室へ入る許可を頂けますでしょうか？」

プリシラは混乱したが、何か理由があるのだろうと頷く。

「いいわ。……私はどこにいればいい？」

「陛下の視界に入らないところなら、どこでも」

ジョシュアははっきり言うと、事務的な足取りで居間と寝室を繋ぐ扉に向かった。

プリシラはとりあえず、ルークから遠ざかってみた。だが、ルークの立ち位置からは部屋全体が見渡せてしまう。つまり、どこに立っても見えてしまうのだ。

ソファーの下に潜り込むわけにもいかず、結局プリシラは、寝室の入り口に立つことにした。これならルークがわざわざ顔を向けなければ、視界には入らない。

いい場所を見つけたと思ったのも束の間、今度はこちらからジョシュアの動きがはっきり見えてしまう。

彼は綺麗に整えられた寝台の上に屈みこみ、シーツを乱し始めたところだった。

「え？」

思わず声が出てしまう。

「侍女達の目を欺く為です。ご容赦を」

ジョシュアはこちらを見ないまま、硬い声で言った。

言われた台詞を頭の中で繰り返す。理解出来た途端、頬が熱くなった。

侍女頭から教わった閨(ねや)の作法と、ジョシュアの行動が噛み合ったのだ。

「シーツが乱れているだけで、きちんと出来たと思って貰えるものかしら?」

気づけば素朴な疑問が口をついて出る。

ジョシュアはようやくこちらを振り返った。

何故か彼は呆れたようだった。怒りすら滲む瞳に射抜かれ、無意識のうちに後退(あとずさ)る。

「……おそらく無理でしょうね」

ジョシュアは呟き、苛立たしげに髪をかき上げた。

梳かし付けられていた髪が崩れ、長い前髪が瞳の上にはらりと落ちる。

彼は上着の内ポケットから、折り畳みのナイフを取り出し、左手の指を切った。指先からぽたぽたと滴(したた)る鮮血をシーツの上に擦(こす)り付けた後は、素早くハンカチで血止めをする。

一連の作業はあっという間に行われ、驚きの声を上げる間もなかった。

「これでもギリギリといったところですが、何とか誤魔化して頂くしかありません」

ジョシュアが至って事務的な態度で言う。

たった今、指を怪我した人とは思えない平然とした顔だ。ただ見ていただけのプリシラの方が、ショックを受けていた。

「王妃様、大丈夫ですか」

ジョシュアの訝しげな眼差しに、ようやく硬直が解ける。

これ以上彼を直視するのは辛かった。あまりにも、以前と態度が違う。

プリシラは俯き、「何ともないわ」と強がった。

「……申し訳ありません。先に断るべきでした」

彼の声色が変わる。プリシラの知っている、優しく落ちついた声だ。

ハッと顔を上げ、ジョシュアを見つめる。

彼を包んでいたぴりりとした空気は消え、代わりに労りの色が浮かんでいた。

先ほどの尖った態度には、理由があったらしい。だが、一体何がジョシュアを苛立たせてしまったのだろう。心当たりがないプリシラは内心首を傾げながら、再び頷いた。

「もう、大丈夫。これで終わり？」

「はい。私と陛下は、居間でしばらく時間を潰してから戻ります。お疲れのところ、大変失礼いたしました」

「……ご苦労様でした」

何と声を掛けるべきか思案した挙句、当たり障りのない労りの言葉に落ち着く。

「いえ。これも仕事ですので」

ジョシュアは淡々と答えた。

その表情と返事に、ぐさりと胸を刺される。何故胸が痛むのか分からず、のろのろと手を動かし胸元を押さえた。

ジョシュアは丁寧に一礼し、プリシラの脇を通り過ぎていく。

「大変無防備な恰好でいらっしゃることを、ご自覚下さい。次回からは、ガウンをご用意されることをお勧めします。私が出た後は、しっかり扉を閉めて下さいね」

すれ違いざま、小声で忠告された。言われた通り扉を閉め、鍵を下ろす。

プリシラは閉めた扉にもたれ、その場に座り込んだ。

どうやらジョシュアは、自分の寝間着姿が気に入らなかったらしい。

見苦しいものを見せられて、辟易したのだろう。申し訳ないことをした。

扉の向こうからは、ぼそぼそとした話し声が聞こえてくる。

プリシラが消えたことで、ルークが動けるようになったのだ。

これからルークが渡ってくる度、今夜のような事態に陥るのだろうか。

「……これは、前途多難ね」

プリシラはそう呟いた後、無理やり口角をあげ、ゆっくり微笑んでみた。

――大丈夫、まだちゃんと笑える。こんなことでへこんでいる場合じゃない。

自分に言い聞かせ、膝に力を込めて立ち上がる。

汚れたシーツの上で眠る気にはなれず、長椅子に枕を移し替える。

　プリシラは何度も寝返りを打ち、眠気を引き戻そうと奮闘した。

　ジョシュアの機転のお陰だろう、翌朝プリシラは皆に労われた。

「次からはそう痛まないと思いますよ」

　既婚のメイドはそう言って慰めてくれたが、プリシラは曖昧に笑って誤魔化した。

　出血するほど痛むものなのか、とどこか他人事のように思う。

　自分には一生縁のない話だと、結婚二日目にしてプリシラは悟ったのだ。

　ひと月の蜜月を経て、プリシラには王妃としての公務が振り当てられるようになった。

　毎晩のように南の宮へ送り込まれ、数時間棒立ちになったり、時には吐いたりするルークと、そんな彼の世話を一手に引き受けるジョシュアを気の毒に思っていたので、ようやく終わった！　とステップを踏みたい気分になる。

　プリシラは初日以外、ずっとガウンを羽織り、肌を露出しないように気をつけた。

　蒸し暑い日も我慢して着ていたので、しばらくは好きな恰好が出来るのも嬉しい。

　ところが、喜んだのも束の間、今度は公務絡みで困ったことが起きた。

　国王夫妻の公務のスケジュールは、貴族院が管理している。

　宰相とマレット公爵はさりげなく意見を出し、ルークとプリシラそれぞれに別の予定を割り振った。ルークが王宮で地方貴族との謁見を行っている間、プリシラは王立学校の行事に立ちあう、といった具合だ。

だが、中にはどうしても二人揃って臨まなくていけない式典や謁見が出てくる。

プリシラは手元に届いた予定表を前に、頭を抱えた。

そこには、隣国からの使者を迎える段取りについての詳細が書かれている。プリシラはルークと二人で、謁見を兼ねた会食へ出なくてはならないようだ。

ルークの方から予定を変更するとは言い出さないだろう。

動けなくなろうが何だろうが、ルークは蜜月期間中、南の宮へ通うことを止めなかった。何故ならそれが慣例だから。彼が最も恐れているのは、精神的に脆(もろ)い状態にあると皆に知られることだ。慣例を破れば疑われると、思い込んでいる節がある。

ルークがただの人ならば、事実を公表して療養に入るのが一番いいと、プリシラは進言しただろう。だが彼はたった一人残った王族であり、現国王だった。

ルークが退位すれば、空いた王座を巡って内政は荒れるに決まっている。

「……どうすればいいの」

運が良ければ、結婚式の時のように『少し緊張していた』で済ませられる。

だが運が悪ければ、衆人の前でルークは醜態(しゅうたい)を晒すことになる。

人一人の、そして国の命運がかかっているのだ。賭けに出るわけにはいかない。

思い余ったプリシラは、仮病を使って当日の予定をキャンセルすることにした。

「どうしても頭が痛むの。今日は行けないと本官に連絡して」

涙目で訴えるプリシラに、侍女達がざわめく。連絡を受けて駆けつけたマレット公爵には、真意を打ち明けた。

「私は行けないわ。陛下のお気持ちが落ち着くまで、私は隣に並べない」

「……そのやり方だと、君は悪者にされるよ？」

公爵は咎める代わりに、忠告してくる。プリシラは静かに父の瞳を見つめ返した。

「お父様にまで迷惑をかけてしまうわね。他に方法があるのなら、教えて？　陛下をお守りしたいけれど、お父様を苦しめたいわけではないから」

マレット公爵は、ふう、と一つ嘆息し、プリシラの頭を強めに撫でる。

「残念だけど、私にも思いつけない。そして他に方法はないと分かっているのに、私は君の味方にはなれない。どんなにそうしたくても、ね」

「それでいいわ。お父様はいつだって陛下の味方でいなくちゃ。皆には『困った娘だ。どうやら甘やかし過ぎたようです』と言って」

その日、プリシラの公務に対する方針は定まった。

一人で行う視察や交流には、どれほど体調が悪くても欠かさずこなすが、国王と二人で臨まなくてはならない重要な行事や謁見には顔を出さない。

傍（はた）からは、重大な責務ほど国王一人に押し付けているように見えただろう。

心ない貴族達は、何かあるとすぐに南の宮に引きこもるプリシラを『弱腰姫』とせせら笑うようになった。

そんな状態が二年続いた。初めは「まだ幼くいらっしゃるのだから」と庇（かば）ってくれていた貴族達も、十七歳になったプリシラに厳しい目を向けるようになった。

王妃の立場が日増しに悪くなっていくことに耐えられなくなったのは、プリシラでもマレット公爵でもなく、ジョシュアだ。

彼はプリシラが本宮を訪れる度、それとなく身辺を警護してくれるようになった。

父であるマレット公爵が同じことをすれば、とんだ親馬鹿だと嗤（わら）われてしまうが、マクファーレン子爵の行動を咎（とが）める者はいない。

彼が自分の一存で動くことはあり得ないと、王宮中の人間が知っているからだ。

ジョシュアが動くということは、国王が王妃を守ろうとしていること。

そう周知されたことで、プリシラは随分息がしやすくなった。

棘のある言葉や視線に晒され続ける日々は、覚悟はしていても辛かったのだ。

稀（まれ）に遠回しな言い方で嫌味を言う者はいたが、ジョシュアは決して見逃さない。

「それではまるで、王妃様が嘘をついているように聞こえますね。仮病を使って、わざわざ公務に穴を空けているとでも？　日頃気をつけていても、思わぬ時に体調を崩すことはあるでしょう。あなたのその言は、王妃を、ひいては陛下を愚弄しているのですよ？」

冷ややかな眼差しを浮かべ、物腰だけは丁寧に相手を追い詰める。

傍で聞いているプリシラの方が、鋭い針で刺されている気分になった。

「もういいわ。――私に非があることは百も承知しています。もう少し丈夫になれるよう、精進しますね」

後半の台詞は、当てこすりを言ってきた貴族に向ける。ほうほうの体で逃げ出していく彼らを見送り、小声で礼を言う。

「……庇ってくれてありがとう」

「これも仕事ですので」

ジョシュアの答えは決まっていた。

彼がプリシラを擁護してくれるのは、気遣ってくれるのは、それが全て仕事だから。

何度聞いても、胸がチクリとする。もはや、その痛みを確かめる為、懲りずに礼を言っているような気がしてきた。

プリシラは自嘲の笑みを浮かべ、南の宮へと足を向ける。

「ここでいいわ。送って下さってありがとう」

入り口で別れを告げると、例の決まり文句が返ってくる前に急いで踵を返す。

宮殿の中に消えていくプリシラを、一人残されたジョシュアがいつまでも見送っていることを知っているのは、門衛だけだった。

状況が変わったのは、結婚して二年目の秋のことだ。

プリシラのもとに突然ルークから手紙が送られてきた。

『今まですまなかった。これ以上あなたが悪者になる必要はない。もう予定のキャンセルはしなくていい』

プリシラは短い手紙を何度も読み返し、深い溜息を吐く。

「……ここまで言って下さっているんですもの。固辞するのは却って失礼よね」

プリシラは呟き、了承の旨を返信にしたためた。

ジョシュアが何か言ったのだろうか。それとも父が？

真相は分からないが、直近の予定は国王主催のガーデンパーティだ。

パーティには、功労を認められた貴族や騎士達が招かれている。本来ならば、国王と王妃が揃って彼らの挨拶を受け、労いと感謝の言葉を授けなければならない行事だった。

ガーデンパーティ当日、プリシラは手持ちのドレスの中から一番上等なものを選んだ。

いつも以上に丁寧に化粧を施して貰い、まとめた淡い金髪に真珠の髪留めを飾る。

「とってもお綺麗ですわ。陛下に惚れ直されてしまいますわね」

「本当に。まるで花の妖精みたいです！」

マレット家の使用人達は、みな主人馬鹿だ。着飾っても並みの範囲を超えないプリシラを、口々に褒めちぎってくれるのだから。

彼女達はおそらく、プリシラが仮病を使っていることに途中から気づいていた。

それでも今日まで何も言わず、「お大事になさいませ」と見過ごしてくれたのだ。

皆が浮き立っているのは、ついにプリシラがルークと共に公の場に出ることを決意したと思っているからだろう。

——どうか、皆が笑顔のまま一日が終わりますように。

心の中で強く祈りつつ、南の宮を出る。

結果から言えば、ガーデンパーティは恙なく終わった。

ルークは己の限界に果敢に挑戦したのだ。

彼はプリシラの手を取り、自らの腕にかけさせることとさえやってのけた。手は氷のように冷たかったが、少なくとも顔は平然としていた。

結婚式から二年が経ち、ルークも十八になっている。もう『少年王』とは呼べない歳になっているのだが、身体は相変わらず薄く、周囲に与える印象はまだまだ頼りない。

式の時と違うのは、演技が上手くなったこと。

ルークは、周囲が望む立派な若き王を見事に演じ切った。

プリシラでさえ、もしかしたら病状が良くなったのではないかと勘違いしたほど、ルークの演技は念が入っていた。

だが、たった二年で癒えるほど、心の傷は浅くない。

ルークが自室に引き上げた後、吐いてしまうこと。眠りが浅くなり、睡眠時間自体短くなっていることを、プリシラは後から知ることになる。

五度目の公務の際、隣に並んだルークがふらりとよろめいた。

プリシラは慌てて彼を支えようとしたのだが、両手がルークの身体の重みを感じた瞬間、ひゅ、と息を呑む音が耳元で聞こえる。

直後、触れている部分が木の板のように硬くなった。

これはまずい。プリシラは焦った。

このままでは、ルークのいつもの発作が起こってしまう。硬直して数分間、酷い時は数十分間棒立ちになるか、胃が空になるまで吐くか。

どちらにしろ、周囲はルークが隠してきた病に気づくだろう。

プリシラは咄嗟によろめく振りをし、大げさに両目を押さえてしゃがみ込んだ。

「痛い……っ、痛いわ」

呻きながら、素早く親指の爪を目の縁に立てる。

今度は本当に痛くて、ぽろぽろと涙が零れた。

「王妃様!?」

「誰か、医師を！　擦ってはなりません、お手を離して！」

周囲が騒然とする中、プリシラは傷ついていない方の目を薄く開いて、ルークの様子を窺う。彼は大きく目を見開き、こちらを見下ろしていた。

幸いなことに、表情は消えていない。不測の事態への驚きが、発作を抑えたようだ。

王妃を助け起こそうとしないルークが悪目立ちしないうちに、とプリシラは急いで立ち上がった。医師が駆け付けてきても、面倒なことになる。

「大丈夫です、急にゴミが飛び込んできたみたい。驚かせてしまってごめんなさい」

侍女から受け取ったハンカチで涙を拭い、にっこり笑って人々を安心させる。

プリシラの片目が真っ赤に充血しているのを見て、周りの人々は「気の毒に」「あれは痛い」と囁き合った。

不審がる者が見当たらないことに胸を撫で下ろし、残りの謁見を再開する。

プリシラは途中、それとなくルークの様子を観察してみた。

共にいて彼があんな風によろめいたのは初めてだ。よくよく見てみれば、目の下に薄いクマが出来ている。ルークは眠れていないのだと、プリシラは確信した。

一体どうしたものかと思案しながら公務を終え、謁見室の前でルークと別れる。

「では、本日はこれにて御前を失礼致します」

「ああ。ご苦労だった」

ルークは俯き加減に答えると、すぐに踵を返し、早足で去っていった。

今日のことを話し合う余地はなさそうだ。

話し合うもなにも、ルークと個人的な会話を交わしたことは一度もない。人目がないところでは視線すら合わない。これでは、心配すらさせて貰えない。

重い足取りで南の宮へ戻る途中、背後から声を掛けられた。

振り向いた先には、先ほど別れたばかりのジョシュアが立っている。軽く息を切らせているところを見ると、走って追いかけてきたらしい。

ルークを送ってすぐに、こちらへ引き返してきたようだ。

(でも、どうして……？)

「こちらへ」

疑問符を浮かべたプリシラの肘を取り、ジョシュアは廊下の端に寄った。

付き添いの侍女は、さりげなく傍を離れていく。わざわざマクファーレン子爵が追ってきたのだ。国王のことで内密の話があると思ったのだろう。

今日に限って、誰も通りかからない。

図らずも二人きりになった広い廊下の壁際で、ジョシュアはプリシラの顔を覗き込んできた。真剣な瞳で射抜かれ、どうしていいか分からなくなる。

「目を見せて下さい」

「え？」

「いいから」

強い口調で重ねて言われ、仕方なく片目を押さえていたハンカチを下ろした。

かつてないほど顔が近づく。

実の父ともこんな距離で話したことはない。羞恥と戸惑いで、かあっと頬が熱くなった。

ジョシュアは壊れ物に触れるような手つきで、プリシラの目の下を軽く押した。

「……爪を立てたのですか」

囁き声で問われる。その声はどこか強張っていたが、彼の気持ちを思い遣る心の余裕はプリシラにはなかった。

小さく頷き、おずおずと見つめ返す。

絡んだ視線は熱く、奇妙な緊張感が張り詰めていた。

「どうして、あなたはそう……」

ジョシュアは掠れた声で絞り出すと、片手で顔を覆い、俯いてしまった。

──『もしかして、泣いてるの?』

リラならきっと、そう尋ねた。

だが今のプリシラは王妃で、ジョシュアは国王の忠臣だ。二人きりで見つめ合っている場面を誰かに見られたら悪い噂が立つし、何より自分の心臓が保たない。

「これくらい平気よ、すぐに治るわ。公務を休んだりはしないから安心して」

わざとサバサバとした口調で言い、数歩下がって距離を取る。

ジョシュアは顔から手を外し、信じられないと言わんばかりの表情を浮かべた。

「私は……！　私は、釘を刺しにきたわけではありません！」

悲痛な声が胸を打つ。

プリシラは必死の思いで、平然とした顔を取り繕った。

これ以上は、無理だ。他でもない彼にこれ以上踏み込まれたら、弱音を吐いてしまう。縋ってしまう。それはどうしても許せない。

「ええ、心配してくれたのよね。それも分かっています。いつも本当にありがとう」

早口で感謝を述べ、にっこり笑ってみせる。

ジョシュアは悔しそうに拳を握り、黙り込んだ。

今回ばかりは「仕事ですから」とは言わなかった。

端整な美貌がみるみるうちに翳っていく様子に、激しく胸が痛んだ。

どうすることも出来ず、まるで逃げ出すようにその場を立ち去る。

ジョシュアに背を向けた途端、止まったはずの涙が再び浮かんできた。

彼の厚意を素直に受け取れなかった。勝手に意識して、過剰に反応した。

ジョシュアの何気ない行動にいちいち反応してしまう己の初心さが、心底憎い。

その晩は、自己嫌悪の嵐でなかなか寝付けなかった。

翌朝、ようやく冷静さを取り戻したプリシラは、今自分が悩むべき相手は他にいる、という至極当たり前のことを思い出した。

そう、ルークだ。

プリシラと公務を共にするようになったせいで、彼は明らかに体調を崩している。

寝台に座り込み、しばらく考え込んだプリシラは、とある結論にたどり着いた。

要は、自分が『女性に見える』からいけないのだ。

そのせいで、ルークは深く苦しんでいる。

例の事件からまだ二年しか経っていない。プリシラの隣に立てるようになっただけでも、目を見張る進歩だ。このまま彼一人に努力させるわけにはいかない。

プリシラの役目はルークを守り、助けること。たとえ役目でなくても、ここまで係わってしまえば他人事とは思えない。懸命に国王の務めを果たそうとする彼を、プリシラはいつの間にか深く尊敬するようになっていた。

目の赤みが引くのを待って、プリシラは動いた。

手始めに侍女頭を呼び、必要なものを用意するよう言いつける。

「――男装、でございますか？」

「ええ。男性に見えるような短い鬘(かつら)が欲しいの。市販品を買うのでもいいし、作らせてもいい。出来るだけ早くお願い」

さなかった。

「もしかして、陛下が見てみたいと……？」

「それは言えないわ」

悪戯っぽく片目をつぶってみせる。侍女頭は明らかに引いていたが、賢明にも口には出さなかった。

主人の無茶な要求に呆れたとしても、仕事はきっちりこなすのが彼女だ。

一週間も経たないうちに、短い鬘が手元に届く。

「お急ぎということでしたので、デザインを選ぶ時間はありませんでした。もっと若々しい形の鬘を、次までに探しておきます」

「これでいいわ。本当にありがとう」

プリシラはにっこり笑い、侍女頭の手際の良さを褒めた。

間に合ってよかった、と胸を撫で下ろす。

おそらく今夜、ルークは南の宮へやって来る。国王夫妻の関係が良好であることを示す為、ルークは月に数回、決まった日に通ってくるのだ。

最初の一年は常にジョシュアを伴っていたが、今年に入ってからは一人でやって来るようになり、更には居間ではなく寝室で眠るようになった。座ったまま朝まで過ごすのが、さすがに辛くなったのだろう。

寝室には入るものの、もちろん寝台には近づかない。

ルークが使うのは、寝台から遠く離れた場所に置いてある長椅子だった。

初めて彼がそこで寝ようとした時、プリシラは危うく声を上げそうになった。

ぐっと唇を噛み締め、平静を保つ。

さっさと長椅子に横たわったルークは、プリシラに背を向けると小声で言った。

『……私のことは、空気だと思ってくれ』

いや、思えませんから！

そう叫ばなかった自分を褒めてやりたい。

国王を長椅子で寝かせておいて、自分だけ寝台で眠るのは如何なものだろう。

プリシラは迷ったが、このまま立っている方がルークの害になると判断した。恐る恐る寝台に近づき、そっと身体を横たえる。

ルークが何も言わないところを見ると、これで正解らしい。

ようやく安堵して枕に頭を預ける。目を閉じれば、じんわり喜びが湧いてきた。

初めてルークに声を掛けて貰えたのだ。たとえそれが「空気だと思え」という何とも微妙なものだとしても、大きな進歩ではないだろうか。

その日から、ルークと過ごす夜が少し楽になった。

お互い一言も声を発しないまま、黙々とそれぞれの就寝場所へ向かい、静かに目をつぶる。翌朝プリシラが目覚める前に、ルークは立ち去る。

それが国王夫妻の夜の過ごし方だった。

今晩、自分が行動を起こすことで、ある意味平和だった日々は壊れてしまうかもしれない。それでも、ルークの窮状を見過ごすことは出来なかった。

予想通り、今夜国王のお渡りがあるとの触れが届く。

プリシラは一人になるが早いか、背中あたりまである髪を編み込んで頭に巻き付け、短い鬘をかぶった。

寝室にある鏡台の前で鬘の角度を調整し、仕上げに太い眉を描く。

男装の麗人には程遠い、滑稽な顔になった。

(うーん……これはこれで悪くないけど、もう一押し欲しい気がするわ)

プリシラは少し考えた後、眉墨を使って鼻の下に髭を書き足してみた。

性別不明の道化師が、鏡の向こうに映る。

芝居の中ですら見たことのない、面白い顔――しかも、面白いだけではなく謎の愛嬌がある。自分の顔ながら盛大に噴きそうになり、慌てて口を押さえた。

これで仕込みは完成だ。

プリシラは居間へと移動し、期待と不安の入り混じった気持ちでルークの訪れを待った。

ここまで来たからには後に引けないが、本当にこの作戦で大丈夫なのかと怖くなる。

ノックの音に心臓が跳ね上がったのは、初夜以来だった。

「どうぞ」

いつも通り、短く答える。憂鬱な面持ちで部屋に入ってきたルークは、変装したプリシラに気づくと、目を丸くして立ち止まった。

「え？」

掠れた声がルークの喉から漏れる。

「ど、どうしたんだ、その頭と顔は……！」

もっとよく見たかったのだろう、ルークは初めて自分からプリシラに近づいてきた。

大きく見開かれた彼の瞳に、嫌悪の色はない。

勇気づけられたプリシラは、両手を腰に当て、軽快なステップを踏んでみせた。

太過ぎる眉。取ってつけたような髭。もみあげだけが異様に長いオールバックの鬘。

今の自分を見て、笑わない者はいない。おどけたダンスを披露しているうちに、謎の自信が湧いてくる。プリシラは渾身の決め顔で、一連の動きを締めくくった。

「くっ……！　ははっ、あははは」

ルークが腹を抱えて笑い始める。気難しく見えていたきつめの顔が、一気に幼くなった。

きっと昔は、こんな風に笑っていたのだろう。

大笑いする国王を見て、プリシラも自然と笑顔になる。

「だめだ、あなたは、わ、笑うな……笑うと余計に……あははは」

どうやらプリシラの笑顔は、更にルークのツボをついたようだ。身体を二つ折りにして笑い転げている。

ようやく笑いを収めたルークは、眦(まなじり)に浮かんだ涙を拭うと、こちらに向き直った。

「その顔、どうやったんだ？　まさか本当に髪を切ったわけじゃないよな？」

彼と二人きりで話すのは、これが初めてだ。

マレット公爵やジョシュアからは、ルークの前では極力話さない方がいいという助言を受けているが、今は黙っている方が非礼だろう。プリシラは意を決して口を開いた。

「かつらと眉墨ですわ、陛下。なかなか楽しいことになっているでしょう？」

「楽しいことになりすぎだぞ？」

ルークが間髪入れずに言い返してくる。凜々しい目元は柔らかく笑んだままだ。

プリシラは心外だというように片眉を上げてみせた。

「男装の麗人を目指してみたのですけれど、髭が駄目なのかしら」

「髭はもちろんだが、その鬘だって変だ。一体どこで探してきたんだ？」

「それは侍女頭に聞いてみませんと」

これみよがしにもみあげを撫でつけ、しかめっ面を作る。

ルークは堪えきれないように噴き出した。

自然と続く会話に、プリシラは内心動転していた。

男装——もとい仮装にこれほどの効果があるとは……。

だが、本心を伝えるのなら今がチャンスだ。

今夜を逃せば、プリシラの思いを伝える機会は当分来ない。

心を込めてルークを見つめ、口を開く。

「陛下にお願いがあります。私のこの顔を、覚えていて下さい。私が着飾って澄ました顔をしている時も、忘れないで下さい」

どうか、伝わって欲しい。私は、あなたに愛される為にここにいるわけではない。

あなたの心を少しでも軽くする為に、全てを捧げにきたのだ、と。

ルークはあっけに取られた顔で、こちらを見つめ返してくる。

プリシラは己の頬を両手で挟み、とびきりの笑みを浮かべてみせた。

「陛下の隣に立っているのは、ほら。この私なんですよ？　これが女に見えますか？」

ほら、ほら、と両眉を上げげたり、鼻の先に皺を寄せたりしてみせる。

「くっ……！　おい、それはずるいだろう！」

ルークは注意してきたが、笑いながらなので少しも怖くない。

彼はしばらく笑った後、ふう、と息を吐き、改めてプリシラを眺めてきた。

一体どんな返事がくるのか予想出来ない。

握りしめた手のひらは、緊張ですっかり汗ばんでいた。

やがてルークがぽつりと零す。

「……私の妻は、大した忠義者だな」

瞳を眩しそうに細め、彼は確かにそう言った。

プリシラの覚悟は、ついにルークまで届いたのだ。

目頭がぶわりと熱くなる。だが、ここで泣くわけにはいかない。

医者でもないプリシラに、凍てついたルークの心を癒すことが出来るのか、勝負はここからだ。

長い戦いになるだろう。それでも諦めるつもりはさらさらない。

いつか必ず、小細工なしでルークを笑顔にさせてみせる。

胸の中で固く決意し、素早く両目を拭う。

それから晴れ晴れしい顔で、ルークに訴えた。

「私が王宮へ来たのは、陛下をお守りする為です。陛下の心の安寧以外は、何一つ望んでおりません。どうか、お一人で抱え込まないで下さい」

もうルークは笑わなかった。

「ああ。……ああ、分かった」

彼はプリシラの台詞を噛み締めるように頷き、深々と息を吐いた。

この夜以降、ルークはプリシラをお飾りの妻ではなく、同志として扱うようになった。

第二章　九年後

プリシラの王妃としての生活はもうじき終わる。

今日は、九年目の結婚記念日。

五年目の記念日までは、本宮で催される祝宴の為、朝から支度に追われていたのだが、今はのんびりしたものだ。

プリシラは居間のソファーに座り、ゆったりと刺繍(ししゅう)を楽しんでいた。

国王夫妻の結婚記念日が大々的に祝われなくなったことには、理由がある。

結婚して四年を過ぎた頃から、王妃の不妊が問題視されるようになったのだ。

プリシラが本宮へ足を運ぶと、行き交う者達がそれとなく平らな腹を見てくる。世継ぎが生まれないことを嘆く声が耳に飛び込んでくることもある。

そんな状態で迎えた、五年目の結婚記念日。

プリシラは祝宴の場で、招待客の期待と圧力に晒され続ける羽目になった。

『どうか、そろそろお世継ぎを』

『皆、心待ちにしております』

――手を握ったこともないのに、随分な無茶を言う。

心の中でぼやいてみるが、思わず催促したくなる気持ちも分からないではない。

ルークは毎月欠かすことなく、南の宮へ通い続けている。国王に愛されていないわけではないのに、何故喜びの兆しがないのか。皆は不思議でならないのだろう。

普通の夫婦だと思わせたいこちら側にとってみれば、思惑通りなのだが、似たような台詞を繰り返し聞かされては、さすがにうんざりしてくる。

『私も早く欲しいのですけれど、こればかりは授かりものですから』

プリシラは曖昧な笑みを浮かべ、思ってもいない返事を繰り返した。

隣に座したルークもうんざりしたらしく、次第に表情が険しくなっていく。

そちらの方が気になり始めた頃、ルークはとうとう怒りをあらわにした。

『……子が出来ないのは妻だけの責任だと、本気で思っているのか？　妃は私の為に日頃から尽くしてくれている。彼女にこれ以上を求めるつもりはないし、余計な口を挟まれるのは不快だ！』

国王は怒気の籠った声で、そう言い放った。

プリシラに話しかけた貴族達は凍り付き、宴は台無しになった。

ルークの怒りは収まらず、もう本宮で祝宴を開くのは止めると宣言した。

『誰も私達夫婦の記念日を祝おうとはしていないようだからな。来年からは、妃と二人きりで過ごすことにする』

慌てた周囲は懸命に詫びたが、ルークの意思は変わらず、六年目からは南の宮でひっそりと記念日を祝うことになった。

今夜もおそらくルークは、上等のワインを提げてやって来るだろう。

そしてこう言うのだ。

実の妹に向けるような近しさと労りを込めた眼差しで、『今年もありがとう』と。

プリシラはくすりと笑い、居間の窓に近づいた。

両開き窓の鍵を外して開け放ち、胸いっぱいに外気を吸い込む。

深い満足と達成感、そして何とも言えない寂しさが胸を満たした。

……寂しさは不要だ。今感じるのは、己への誇らしさだけでいい。

プリシラは見事に念願を果たしたのだから。


王宮で過ごした九年を、しみじみと振り返ってみる。

夜、魘（うな）されることが多かったルークが、朝までぐっすり眠れるようになったのは、四年を過ぎてから。

彼が男子として正常な欲を取り戻すまでには、七年かかった。

プリシラはそれを、とある伯爵令嬢から知らされた。

最近の国王は、お忍びで王都の高級娼館を訪れている——丁寧な手紙で面会を願い出てきた伯爵令嬢の「ここだけの話」は、国王の私的な楽しみを暴露するものだった。

『王妃様は、陛下が娼館へ通われていることを、ご存じでしょうか？』

『え？……それは、本当なの？』

『ええ、すぐには信じられないと思いますが、本当ですわ。娼妓の個室に陛下が入っていくのを見た者がいるのです。その時のお相手は、銀髪の豊満な美女だったそうですわ』

金髪で細身のプリシラを当てこすりたかったのか、令嬢は娼妓の詳しい容姿まで説明してくる。話の中に出てきた店の名なら、プリシラも噂で知っていた。

芸事に秀でた美しい娘達を集めた高級娼館だ。

金を積めば誰でも入れる店とは違い、確かな身分の者しか入店を許されないという。国王なら、当然入れるだろう。

事態が呑み込めると、激しい歓喜が胸を突き上げてきた。

あのルークが、自ら娼館へ足を運んだというのだ。これほど喜ばしいことがあるだろうか。

今すぐ立ち上がり、やった！　と大声で叫びたい。

プリシラは、生真面目な表情を保つのに苦労した。

結婚当時十六だったルークは、もう二十三になっている。

事情を知る者達は、国王は一生このままかもしれないと危惧していた。

臣下達が案じているのはルークの代で王家が終わることだろうが、プリシラは違う。

重責を担うルークの心と身体を癒してくれる相手が、いつか現れればいいのに、と心から願っていた。

今回の娼館通いは単なる欲の発散かもしれないが、未来への希望が生まれたことには違いない。

ようやく、ここまできた。

プリシラは嬉し涙を必死で堪え、王妃らしく落ち着いた態度を装った。

『教えて下さって本当にありがとう。でも、私は聞かなかったことにするわ。あなたにそのつもりはないでしょうけど、これ以上の他言も無用とします』

『え……。で、ですが――』

『陛下にも息抜きは必要だわ。あちらにしたって、ひとときの夢を売るのが仕事。互いにその場限りの関係だと承知しているのなら、何も問題ないでしょう？』

プリシラは優しく諭した。

全く動じない王妃を見て、令嬢は分かりやすく落胆した。

夫婦の間に波風を立て、その隙に割り込もうとでも思ったのだろうか。

残念でした、と心の中で舌を出す。

ルークは精悍な顔立ちの美丈夫だ。王妃を追い落とし、代わりに寵愛を得たいと願う女性がいても不思議ではないが、生憎(あいにく)プリシラには悋気(りんき)を起こす理由がない。

プリシラにとってルークは、心から尊敬する国王であると同時に、全力で守らねばならない弟のような存在だった。

令嬢と入れ替わりでやって来たルークは、訪問者の残り香に気づき、眉根を寄せた。

『南の宮に客人とは珍しい。一体誰が来ていたんだ？』

『とっても親切な忠告者ですわ』

プリシラが大まかな事情を話すと、ルークはバツが悪そうに顔を顰(しか)めた。

『余計なことを……。娘に差し出がましい真似をさせるなと、伯爵には釘を刺しておかねばならないな』

耳が赤くなったところを見ると、やはり娼館にはただ行っただけではないらしい。

『陛下は何もなさらないで。あの程度の意地悪、可愛らしいものですわ。それに、私は知ることが出来て嬉しゅうございました。おめでとうございます、陛下』

『プリシラ！』

ルークの耳がますます赤くなる。

プリシラは笑いながら問いかけた。

『もしかして、照れくさいのですか？』

『当たり前だ。妹に下世話な事情を知られたようなものだぞ。誰だって気まずいだろう』

『私が妹ですか？　それはちょっと……』

小首を傾げて、訂正する。

『私は陛下を実の弟のように思っておりますのに』

『弟？　ちょっと待て。私の方が一つ年上だぞ？』

自分達が兄妹同然の仲であることは、二人とも認めている。

だが、どちらが上かについての見解は違っていて、互いに譲らなかった。

『年はそうかもしれませんが、今更兄だとは思えませんわ、陛下。私にとっては今でも、大切にお守り申し上げなくてはならない方ですもの』

『……王妃には一生勝てないな』

ルークが満更でもなさそうな顔で笑う。

何の翳りもないまっさらな笑顔に、プリシラは満たされた気持ちになった。

年月を重ねるにつれ、ルークとの関係は緩やかに深まっていった。

互いに支え合う同志から、信頼できる相棒、そして大切な家族へと変化していき、九年経った今ではすっかり妹扱いだ。

誰かがプリシラを害せば、ルークは復讐の鬼と化すだろう。

そう断言出来るほどの絆が、二人の間にはある。

なんと幸せなことだろう。

女としては誰にも愛されないまま、自分の一生は終わるのだとしても、これはこれで幸せだった。

だから、寂しさを感じるのは間違っている。絶対に、間違っている。


プリシラは回想を切り上げ、テーブルに刺繍道具を置いて立ち上がった。

窓辺に近づき、両開きの扉を大きく開け放つ。

外から吹き込んできた爽やかな風に目を細め、眼下に広がる光景を見渡す。

今日も王都は平和で、どこにも荒れた様子はない。

九年前にはなかった劇場の周りには、沢山の馬車が並んでいる。港が増えたことで市場の規模は大きくなったし、通りを行き交う人々には活気が溢れている。

これが今のローレンス王国——豊かで平和な我が母国だ。

国のどこを探しても貧民街がないことは、ルークとプリシラの密かな自慢だった。

忙しなく動く民を愛しく眺めた後、プリシラは思い切って視線を下に向けた。

王妃になってからというもの、窓辺から王都を見渡すことはあっても、中庭は視界に映さないよう意識していた。

見てしまえば、心のどこかがほつれてしまう気がしたのだ。

中庭は、ジョシュアとの思い出の象徴だった。

彼との交流が、あの頃のプリシラを支えていた。ジョシュアに会いに行くのが楽しみで仕方なかった。

当時は気づかなかったが、おそらくあれがプリシラの初恋だ。

ジョシュアは、プリシラが抱えていた不安を軽くしてくれた。

楽しいひと時を共有してくれた。優しく微笑みかけてくれた。

十五の少女が恋に落ちるには、充分な理由ではないだろうか。

九年経った今でも、当時の彼とのやり取りは、胸の奥の特別な場所にしまってある。

プリシラの視界に、よく手入れされた緑の芝生が飛び込んでくる。

枝葉を整えられた低木といい、季節の花で彩られた花壇といい、全てが昔のままだ。

――『こんにちは、リラ』

目を閉じて耳を澄ませば、からかいを帯びた低声まで蘇ってくる。

現在のジョシュア――現在はラドクリフ侯爵を名乗る彼からは、もう聞けない優しい声だった。

今の彼が発する声はもっと礼儀正しく、他人行儀で、ひんやりしている。

彼の父であるラドクリフ侯爵が引退を公表したのは、去年のことだ。

『立派になられた陛下をこの目で見ることが出来たのです。王宮での務めに思い残すことはありません。妻も年老い、だいぶ弱ってきました。そろそろ空気の綺麗な田舎に引っ込んで、余生は夫婦二人で過ごそうかと』

嬉しそうに話す宰相を、国王は引き留めなかった。

ルークは、ジョシュアを次の宰相に指名した。

ジョシュアは快諾し、他の主だった貴族も国王の選択を支持した為、宰相の代替わりは何の障害もなく終わった。

『着任のご挨拶に伺いました』

南の宮を訪れたジョシュア・ラドクリフは、プリシラの前で深く腰を折った。

さらりと茶色の髪が流れ、端整な顔を隠してしまう。

プリシラはおっとりと微笑み、王妃として新たな宰相に激励を送る。

『おめでとう。どうか立派に務めて下さい。期待していますよ』

『過分なお言葉、恐れ入ります』

ジョシュアが顔を上げ、こちらを見つめてくる。

彼の眼差しの強さに、プリシラはたじろいだ。

出会った頃は二十一歳だったジョシュアも、今年三十になった。

際立った美貌は衰えるどころか凄みを増していき、社交界では相変わらず絶大な人気を誇っている。

今も昔も『完璧な貴公子』であるジョシュアが、何故かプリシラから目を離さない。不作法な振る舞いだと、彼にも分かっているはずなのに。

プリシラは急に居心地が悪くなった。

これほど遠慮のない眼差しを向けられたのは、それこそ結婚式の夜以来だ。

全くいつものジョシュアらしくない。

二年目のあの日、プリシラが彼の厚意を無下に扱った時から、彼が自分から話しかけてくることはなくなった。

かといって、プリシラを見捨てたわけではない。

ジョシュアは常に、影に徹していた。さりげなく手助けしたり、それとなく庇ったり、あの後もプリシラは何度も彼に助けて貰った。

――『私の主人はあの方だけだけど、君のことも出来る限り助けていくと誓うよ』

昔口にした誓いを、彼は守り続けている。

そんなジョシュアの雰囲気が、どこか変わってしまった気がする。

(宰相になったから、とか……?)

要職についたくらいでこちらへの態度を変える男だとは思いたくないのだが、それくらいしか心当たりがない。

『私の顔に何かついている?』

知らずと口調が厳しくなる。

ジョシュアはふ、と微笑み、眼差しを和らげた。

笑うと一気に優しい印象になるところは、昔と変わっていない。

彼の屈託ない笑顔に、プリシラは毒気を抜かれた。同時に、胸が切なく締め付けられる。

プリシラは自分が憐れになった。

初恋は、いつ終わるのだろう。

今でもジョシュアが好きなのだと、こうして対峙(たいじ)する度、思い知らされる。

己の気持ちを素直に認められるくらいには、プリシラも大人になっていた。

『いいえ、何も。気に障ったのなら申し訳ありません』

ジョシュアはそつなく答えた。

『……そう』

それなら、そんなにじろじろ見ないで。

リラならそう言い返しただろうが、プリシラは王妃である。
短く頷き『報告、ご苦労様。下がっていいわ』と告げるしかない。
去り際ジョシュアは、プリシラを振り返った。
……まただ。またあの強い眼差しで、こちらを見ている。
『あと、二年ですね』
一瞬、何を言われたのか意味が分からず、瞳を瞬かせる。
唖然としたプリシラを残し、ジョシュアは優雅に一礼して部屋から出て行った。
彼が消えた後で、言葉の意味に気づく。
——あなたが王妃でいるのも、あと二年ですね。
ジョシュアはそう言ったのだ。
偉そうな態度を取れるのも、今のうちだと言いたいのだろうか？
プリシラは唇を曲げ、仕方ないじゃない、と呟いた。
『私はまだ、この国の王妃なのだもの』
思わず零してしまった独り言はやけに大きく響き、侍女達を驚かせたのだった。
今日はやけに昔を思い出してしまう。
九年目という区切りが、プリシラを感傷的にさせているのだろうか。

あと一年で、プリシラは王宮を出る。

出た後のことは、正直何も決めていなかった。

とりあえずは実家に戻り、母に「ただいま」と言いたい。それくらいしか、浮かばない。

国王の妻でありながら子をもうけることが出来なかった女に、再婚の話はきっと来ない。

しばらくのんびりした後、修道院に入るのが、一番現実的な身の振り方かもしれない。

国王の次は神様の妻になる――女であることを捨てた自分には、ぴったりの未来だ。

どうするかを決めた途端、一気に心が軽くなる。

プリシラは清々しい気持ちで窓を閉め、ルークを迎える準備に取り掛かった。

窓辺から差し込む光がオレンジ色に染まり始めた頃、ルークは一人で南の宮へとやってきた。
国王は常に数名の近衛騎士に守られている。
例外は、南の宮へ渡る時だけ。本宮からついてきた騎士達は南の宮の正門前で、主を見送ることになる。王妃の許可なく入ることが出来るのは、国王とマレット公爵、そしてジョシュアだけだからだ。

「ようこそいらっしゃいました」

「ああ。今日こそ存分に飲もうと思ってな。色々持ってきたぞ、ほら」

ルークはやけに上機嫌だった。

片手に提げた籠の中から、次々と酒瓶を取り出す。

どうやら今晩も、特に食事は必要ないらしい。

ルークは賓客をもてなす場合を除き、夕食を取らない。昼食の時間を遅らせ、夜は酒と共に軽食を取ることで空腹を避けている。

特にテーブル一面に凝った宮廷料理が並ぶ豪華な晩餐は、ルークが最も嫌うものの一つだった。

それだけは、プリシラにもどうにも出来なかった。

次に来る王妃もきっと早めに夕食を済ませ、国王の晩酌に付き合うことになるのだろう。

プリシラは微笑み、首を横に振る。

「私はそんなに飲めません」

ルークは当然だという顔をして、さっさと一人掛けのソファーに腰を下ろした。

「知っている。これは全部、私の分だ」

「そんなに沢山飲まれるつもりですの？」

「ここなら、安心して酔いつぶれられるからな」

目前の丸テーブルの上に嬉々として酒瓶を並べながら、ルークはにやりと笑った。世話を焼いて貰えると確信している、やんちゃな子どもの顔だ。

プリシラは微笑み、ルークの向かい側のソファーに座った。

窓際に設えられた対のソファーと、間に置かれた丸テーブル。国王夫妻が寛ぐにしては小さくまとまったこの応接セットが、二人の定位置だった。

「それなら、存分に飲まれて下さい。私には何もないのですか？」

「もちろん、あるぞ。ほら、受け取れ」

ルークは足元に置いた籠から包みを取り出し、テーブルの上に置く。

プリシラは瞳を輝かせながら、その包みを開いた。

中から現れたのは、期待通りの真っ赤な苺だ。採れて間もないらしく、洗った水気がまだ残っている。

瑞々しく艶めく苺に、プリシラは満面の笑みを浮かべた。

「ありがとうございます、陛下」

生の苺には目がないのだ。実家でも王宮でも、苺は菓子の一部となって出てくることが多い。そのまま出てきたとしても、上にクリームや金粉が散らしてあったりする。

プリシラが食べたいのは、何も加工されていないただの苺なのに。

それを知ったルークは、記念日に苺を持ってくるようになった。

結婚記念日だからといって、特別な贈り物を交換したりはしない。

だが、その日は互いに好きなものを存分に食べる。

こうしようと話し合って取り決めたわけではなく、いつの間にかそうなっていた。

好物を口にしながら、ゆったりと会話を楽しむ。

穏やかな空気が流れる中、いつの間にか夜は更け、ルークはすっかり酔っぱらっていた。

暗くなった室内に明かりを灯したのはプリシラだし、ルークの着替えを侍女から受け取り、むずかる彼を宥めて寝間着に着替えさせたのもプリシラだ。

いつでも寝室に行けるよう全ての支度を整えてから、ソファーに戻る。

ルークは野菜スティックをかじりながら、ぼんやり窓越しに月を眺めていた。

背が高く、見た目も凛々しいルークは、外ではいかにも国王然として見えるのだが、今は庇護欲をそそる子どもにしか見えない。

「これで『私の方が兄だ』なんておっしゃるんですものね」

プリシラが親しみを込めてぼやくと、ルークはのろのろと視線をこちらに向けた。

今にも泣きだしそうな打ちひしがれた表情に、プリシラは驚いた。

それほど寝間着に着替えるのが嫌だったのだろうか。

「あのまま寝たら、寝苦しくなって途中で絶対に起きるでしょう？　着替えは陛下の為ですよ？」

「ちがう。そうじゃない」

ルークは悲しげに首を振った。

急に頭を動かしたせいで気分が悪くなったのだろう、低い呻き声を上げてこめかみを押さえる。

「いくらなんでも、飲み過ぎですわ。お水を少し口に含んでゆすいでから、こちらに出して下さいませ」

プリシラは再び立ち上がり、ルークの隣に回って冷水と空皿を渡す。

甲斐甲斐しく世話をするうちに、気分が回復したらしい。ルークは居住まいを正し、プリシラを向かいに座らせた。

彼は真剣な眼差しで、こちらを見てくる。

「私はな、プリシラ。あなたには誰より幸せになって欲しいと思っているんだ」

一体何を言われるのかと身構えた自分が馬鹿だった。

分かり切っていることを改めて告げられ、はぁ、と相槌を打つ。

「あなたを十年も王宮に縛り付けておいて、今更何をと言われるかもしれないが、本当にそう思っているんだ」

「まだ九年ですわ、陛下。それに、そんなこと爪の先ほども思っていません。私は王妃になれて幸せでしたし、陛下と共にあれたことを誇りに思っております」

プリシラはきっぱりと答えた。

どうやら、ルークも感傷的になっているらしい。

残り一年でこの生活が終わることを、彼も寂しく思っているのだ。

「そうか……相変わらず細かいが、そう言ってくれるのはありがたい」

ルークはうんうん、と頷き、話を続ける。

「出来れば、ずっとここにいて欲しかった。あなたを本当の妹にしたかった。だが、今の法では無理だと法務大臣に言われてしまった。妻を妹には出来ないし、そもそもいくら国王でも血の繋がりのない他人を実の妹には出来ないと。養女ならどうかと聞いたが、それは絶対に駄目だそうだ」

「陛下……かなり酔っていらっしゃいますね」

「大臣に打診したのは、素面(しらふ)の時だぞ？」

「余計にたちが悪いです」

平素は賢王と名高いルークの乱心に、法務大臣はさぞ驚いたことだろう。

プリシラが王宮を去るまで一年もあるのに、この騒ぎなのだ。

修道院に入る予定だと知れば、何をしでかすか分からない。ルークにだけはぎりぎりまで伏せておこうと密かに決意する。

「それほど惜しいのなら、今まで以上に励まれて、王妃に子を産んでもらったらいいと言われたのだが――」

「それは無理です」

結婚当初なら、義務として受け入れられたかもしれない。

だが今となってはとてもじゃないが無理だ。

実の弟と同衾しろと言われたも同然で、想像するだけでも鳥肌が立つ。

ルークも同じことを思ったようで、こくこくと頷いた。

「そうなんだ。私にも、どうしてもあなたを抱くことは出来そうにない。率直に言ってしまえば、身体が全く反応しない。私は、家族相手に欲情する変態にはなれなかった」

髪をかき上げ、はぁ、と物憂げに嘆息する姿は、台詞を無視すれば大変な色男ぶりだ。

「率直過ぎますが、おっしゃりたいことは分かります」

「プリシラなら分かってくれると思った。でもこのままではあなたに、何一つ報いることなく、王宮を去らせてしまうことになる。どうしたらあなたが幸せになるのか、私には分からない。プリシラのお陰で、私は立ち直れたというのに……これでは、兄失格だ」

「譲りませんね……」

あくまで兄を主張するルークに、とうとうプリシラは噴き出した。

声を立てて笑うプリシラを恨めし気に見上げ、ルークは眉間に皺を寄せる。

「だが、まだ一年あるからな。私がきっと、あなたの新たな道を見つけてやるからな」

ルークは据わった眼でそう言い、こてん、とテーブルに突っ伏した。

「駄目ですよ、陛下！　もう私では運べないんですからね！」

酔い潰れたルークを何とか引き摺って寝台に運べたのは、彼が二十になるまでだ。

心が健康を取り戻すにつれ、ルークの薄い身体は次第に筋肉をつけていった。

見た目は精悍さを増して良くなったが、プリシラの手には負えない重さになってしまったのだ。

「陛下！　陛下、起きて下さい！」

ピッチャーの冷水を首筋に垂らすという暴挙に出てようやく、ルークは自ら寝室へと移動してくれた。

今でも彼が眠るのは、長椅子の上だ。

枕の位置を調整してやり、ぐっすり寝入ったのを確認してから、プリシラも寝台へと潜り込む。

こうして九年目の結婚記念日は終わった。

十年目の結婚記念日も、今日と同じように飲み過ぎたルークがくだを巻いて終わるだろう。プリシラは欠伸をしながら思った。

もしかしたら来年は、わけの分からないことを言うだけでなく、泣き出してしまうかもしれない。

そうなったら、七年ぶりに短い鬘と眉墨の出番だ。
プリシラは、国王の宣言を軽くみていた。
――『私がきっと、あなたの新たな道を見つけてやるからな』
ルークは己の言葉を嘘にしない。
プリシラがそれを思い知るのは、ひと月後のことだった。

その日プリシラは、結婚して初めてルークの執務室へ足を踏み入れた。

外国からの賓客との謁見を済ませた後、いつものように南の宮へ戻ろうとしたプリシラを、ルークが引き留めたのだ。

「大事な話がある。今日はそちらに行けそうにないし、この後の予定がないのなら寄っていってくれ」

「分かりました」

プリシラは快く了承し、ルークの後に続いた。

何となく気軽に立ち入ってはいけないように思っていたが、国王の為の特別な場所という先入観が働いていたのかもしれない。

実際入ってしまえば少し、いやかなり立派な書斎という雰囲気だ。

プリシラは肩の力を抜き、室内を見渡した。これで自分は、王宮の主要な部屋全てに入ったことになる。王妃だった時代の良い思い出になる、と密かに悦に入る。

「妃と話がある。私が呼ぶまで、誰も入るな」

ルークは人払いを済ませた後、プリシラに近くの椅子を指し示した。

「適当に座ってくれ。そう緊張しなくていい。仕事の話じゃないから」

プリシラが言われるがまま座ると、ルークは執務机の上に腰掛けた。

行儀が良いとは言えないが、均整の取れたスタイルと長い脚のせいで絵になる。

自信に満ちたその堂々とした姿に、プリシラは感嘆の息を吐いた。

初めて会った時は、今よりうんと細かった。

国王らしく振る舞おうと本人は努力していたが、精一杯の虚勢にも見えた。

あの頃の痛ましい面影はもうどこにもない。

「……大きくなられましたね、陛下」

しみじみと呟いたプリシラに、ルークは照れくさそうに笑った。

「母親のようなことを言う」

もうそんな台詞まで冗談で口に出来るのか。

ルークの回復を嬉しく思うのと同時に、自分の役目は終わったのだと、プリシラは改めて自覚した。

「それで、お話とは何ですか？」

感傷を振り切り、実務的な話に戻る。

ルークはあらかじめ用意しておいたらしい書類を取り上げ、プリシラに寄越してくる。

「……これは？」

「あなたの求婚者の、家族構成と資産リストだ」

ルークは平然とした表情で言った。

彼の言葉がすぐには呑み込めず、プリシラは目顔で問い返す。

「私と離縁した後の身の振り方について、あなたは考えたことがあるか？」

ルークが逆に問い質してくる。

とりあえず実家に戻り、それから修道院に入るつもりでした、とはとても言い出せない雰囲気だ。口籠ったプリシラを見て、彼は物騒に瞳を光らせた。

「あなたのことだから修道院に入ろうとでも思っていたのだろうが、そうはさせんぞ」

心積もりをぴたりと言い当てられ、プリシラは目を見開いた。

「どうしてお分かりに？」

「分からないわけがない。何年一緒にいると思ってるんだ」

ルークは怒ったように続ける。

「修道院に入れば、もう気軽には会えなくなる。私ですら、院長の許可なしでは入れない場所だ。それに、プリシラがそれで幸せになるとはどうしても思えない。あなたはまだ二十五なのだぞ？　あまりにも、もったいないではないか」

彼はどうやら本気で言っているらしい。

プリシラは書類を丁寧に整え直し、ルークに差し出した。

「惜しんで下さるのはありがたいことですが、十年近く王妃の座にありながら子を孕めなかった女を、欲しがる殿方がいるとは思えませんわ」

プリシラは幼子に言い聞かせるように、優しく続ける。

「この国の貴族なら、陛下の命には逆らえません。いくら困ったことになったと心の中で思っても、にこやかに『承りました』と答えるしかありませんわ。そんな気の毒な思い、誰にもさせないで下さい」

ここまで言って分からないルークではないはずなのに、何故か彼は書類を受け取らない。

プリシラの拒絶に落胆するどころか、腕組みをして、ふふん、と得意気に笑う。

「あなたらしくないな。どうして、詳しい話を聞く前からそう決めつける？」

「本当のことだからです」

「この縁談は、向こうからのたっての申し出だと言っても？」

ルークは机から降り、プリシラの背後に回った。

「いいから、一度見てみろ」

後ろから無理やりページをめくられる。

一番上に載っている名を見て、プリシラはあっけに取られた。

「――……ジョシュア・ラドクリフ？　……嘘でしょう？」

「嘘などついて何になる」

ルークはあっさり言うと、驚愕するプリシラの顔を覗き込んできた。

「その辺の男なら即却下するつもりだったんだが、ジョシュアなら間違いない。あれはいい男だぞ？　ラドクリフ家は裕福だし、暮らしに困ることもない。プリシラだってあいつのことは信頼できると言っていたしな。いい話だと思ったんだ」

うんうん、と満足そうに頷くルークを見つめ返し、プリシラは深い溜息を吐いた。

「……ラドクリフ様とはどんな会話を？　陛下が気づかないうちに、無理強いしたのではありませんか？」

ジョシュアの方からプリシラを望むことはあり得ない。

何故なら、彼にはすでに愛する人がいるからだ。

相手は四年前に王都に建てられた劇場の、看板女優とも言える娘だ。確か、シンシアという名だった。年齢は公表されていない。

ジョシュアが見出し、支援してきた駆け出し女優は、今では他国にまで名を轟かせる歌姫になっている。

ジョシュアがシンシアと深い仲にあることは、公然の秘密だった。

身分差が大き過ぎる為、正式な婚姻を交わすことはないだろうが、二人の関係はもう三年目に入る。長年片思いをしている相手の色恋沙汰だ、記憶に間違いはない。

ルークだって知らぬはずはないのに、と首を傾げる。

「やけに疑うな……」

ルークは釈然としない様子で、プリシラの前へと回った。

近くにあった椅子を引き寄せ、今度は向かい合うように座る。

どうやらきちんと経過を説明する気になったようだ。

「結婚記念日の翌日のことだ。私はジョシュアを呼んで、『王妃の今後について悩んでいる』と相談した」

プリシラはまたしても溜息を吐きたくなった。

離縁する妻の身の振り方など、誰にも相談しないで欲しい。

心の中でぼやき、「それで？」と促す。

「私が、出来れば王妃を信頼できる男に託したいと言ったらな。ジョシュアは『私では足りませんか？』と言ってきたんだ。まるで私がそう言うのを待っていたんじゃないかと思うほど、決断は早かった」

ルークはそこで話を切り、プリシラの反応を待った。

プリシラはと言えば、真剣に考え込んでしまった。

何故ジョシュアが自ら進んで貧乏くじを引こうとするのか、分からない。

国王が「信頼できる男」という言葉を使ったからだろうか。

自分こそが国王の信頼できる男だ、と証明したいのだろうか。

今更そんな真似をしなくても、充分に証明されているというのに。

「……やはりジョシュアとは何もなかったのだな」

ルークはこちらをまじまじと見つめた後、どこか安堵したように呟いた。

「やはり？　何も？　……それはどういう意味です」

聞き捨てならない台詞に、地を這うような声が出てしまう。

眉間に皺を刻んだプリシラを見て、ルークは嬉しそうに破顔した。

「いや、すまない。あまりにもジョシュアの返答が早かったものだから、つい。もしかして、以前から二人は想い合っていたのではないかと……」

彼が安堵した理由が分かり、プリシラはきゅ、と唇を噛んだ。

ルークが激しく嫌うのは、豪華な晩餐だけではない。

不貞の恋も、彼の強い忌避の対象だった。その場限りの戯れであっても、既婚者に粉をかける者をルークは忌み嫌っている。

それを知っている王妃が、最も信頼する臣下と通じ合っていたら？

ルークの心は再び閉ざされるに違いない。

ルークが喜ぶのも当然の反応だ。

――『私達が陛下を裏切るわけがありません』

ここでプリシラが口にしなければならない答えは決まっているのに、後ろめたさのせいで、すぐには言葉が出てこない。

黙り込んだプリシラを前に、ルークは笑みを消した。

「本当に悪かった。二人の忠誠を軽んじる発言だった」

ルークが真剣な顔で謝ってくる。ますます胸が苦しくなった。

彼の推測は、ある意味当たっている。

この九年間、プリシラが心の拠り所にしてきたのは、夫であるルークではなく臣下であるジョシュアだ。

彼を見かける度、どうしようもなく胸は高鳴った。

昼間交わした事務的な会話を、夜何度も反芻(はんすう)した。

ジョシュアに愛する人が出来たと知った日は、いつまでも眠れなかった。

自分が王の妻であることを棚に上げ、酷く傷ついた。どうして女優なの、と心の中で詰った。プリシラも一目置くような素晴らしい令嬢なら、まだよかったのに、と。

思い返してみればみるほど、自分勝手な恋だ。

「どうか謝らないで下さい、陛下。ラドクリフ様はともかく、私にその謝罪を受ける資格はありませんわ」

罪悪感に耐えきれず、プリシラは告白した。

「それはどういう意味だ？」

ルークが不思議そうに瞳を瞬かせる。

家族同然の彼を、これ以上欺くことは出来ない。

「つまらない話ですが、聞いて下さいますか？」

「ああ、もちろんだ」

自分はよほど思い詰めた顔をしているのだろうか。

ルークは優しく語り掛けてきた。

「大丈夫。あなたの話がどんな内容でも、私は決して怒ったりしない」

思い遣りに溢れた眼差しに包まれ、心が緩んでいく。

ジョシュアへの想いは、このまま誰にも打ち明けず、墓場まで抱えていくつもりだった。

だが誰かに聞いて貰えるのなら、相手はルークがいい。彼ならきっと、哀れな片恋を馬鹿にしたりはしないから。

「私にとって、ラドクリフ様は特別な方なのです」

南の宮へ越してきた初日に、大切なリボンを落としてしまったこと。

それを拾ってくれたのが、ジョシュアだったこと。

思わず偽名を名乗ってしまったが、すぐにバレてしまったこと。

自分が次期王妃だと知った上で、変わらず接してくれたこと。

ジョシュアとの懐かしい日々を語った後で、プリシラは付け加えた。

「結婚してからは、一切個人的な話はしておりません。常に供がいるところで会っていましたし、そもそもラドクリフ様には恋人がいらっしゃいます。ですが、私は気持ちの上で、ずっと陛下を裏切ってきました。勝手に思う分には構わないだろうと、高を括っていたのです。……大変申し訳ありません」

話しているうちに、次第に惨めになってきた。

十年近く前のささやかな交流が、自分の知っている恋愛の全てなのだと気づいてしまったのだ。人が聞けば正気かと疑うような話だろう。

だがルークは呆れることも憐れむこともしなかった。

「それを裏切りというのなら、私はもっと手酷くあなたを裏切っている。決まった女はいないが今でもたまに娼館へ行くし、新しい王妃がくれば今度こそ妻として愛せるよう努めるだろう。あなたには、そうしてやれなかったのに」

突然始まったルークの懺悔に、プリシラは温かな気持ちになった。

ルークが次の王妃と仲睦まじく暮らす未来こそが、自分への何よりの餞だ。その時こそ、娼館通いは止めるよう忠告しよう。

「新たな王妃の誕生を、私は心から楽しみにしております。陛下の幸せなご様子を、どうか私に見せて下さい」

「私だって同じ気持ちだ。あなたが誰より大切に愛されて、幸せに笑うところを見たくてしょうがない。だからこそ、修道院は駄目だと言っている。分かったな？」

ルークは最後に念を押し、話を切り上げた。

別れ際、彼はプリシラの手に、例の書類をしっかりと握らせてきた。

「ジョシュアの真意は分からないが、もしあいつの動機が、私への忠誠心やあなたへの同情ならば、この話はなしだ。あなたを心から望む他の男を探すことにする」

ルークの声には紛れもない決意が籠っている。

プリシラは急に怖くなった。

自分が王宮に来る前から、ルークとジョシュアの間には深い信頼関係が結ばれていた。だがこの件で、二人の仲に要らぬ亀裂が生まれてしまうのではないかと恐れたのだ。

「……どうか仲たがいはなさらないで下さいね」

「心配するな。どうせ杞憂だ」

ルークはからりと笑って、プリシラの背中を励ますように叩いた。

王妃を南の宮へ帰した後、ルークは早速ジョシュアを呼びつけた。

「失礼します」

ジョシュアはすぐにやって来た。今日、王妃に例の話をすることは先に伝えてある。

一体どうなったのか、気になって仕方ないのだろう。

執務室に入ってきた彼は、物問いたげな視線でじっとこちらを見つめる。

いつものジョシュアなら「それで？　何のお話でしょう」と遠慮なく尋ねてくるのに。

王妃は自分の片思いだと固く信じているようだが、ルークの見立てでは、ジョシュアもプリシラを憎からず想っている。

「さっきまでプリシラと話していたんだがな」

「……はい」

ジョシュアが神妙に頷く。

まるで、医師の診断を仰ぐ重病人のような顔つきだ。

「無理強いしたのではないか、と疑われた。国王に頼まれて嫌と言える貴族は、この国にはいないそうだ」

「無理強いなどされておりません」

ジョシュアはきっとこちらを睨み、即答した。こんな目で見てくるくらいなのだから、気乗りしない話ならきっぱり断ってくるに違いない。

「だよなぁ」

「……それは、遠回しに断られたということでしょうか」

ジョシュアの勢いが、急に弱くなる。

同性から見ても美しい切れ長の瞳が、悲しげに伏せられるのを見て、ルークは罪悪感にかられた。

物心ついた時から傍にいたジョシュアに、ルークは滅法弱い。

彼は少年の頃から、まっすぐな忠誠を捧げ続けてくれた。

両親を喪い、叔父を激しく憎んだ時も、心が壊れてしまわなかったのは、ジョシュアが懸命に支え、寄り添ってくれたからだ。

プリシラのことは、実の妹同然に思っている。

そしてジョシュアのことは、彼に裏切られるのなら、この国ごと滅んでもいいと諦めがつくくらいには信頼していた。

そのジョシュアが、しょげきっている。

ルークは、プリシラの告白を彼に伝えてしまいたい衝動に襲われた。

「――いや、断られたわけじゃない。考えてみると言っていたぞ。急な話で驚いたんだろう。王妃には自分を過小評価する癖があるから」

すんでのところで堪え、表面的な事実を述べる。

もしプリシラが、自分のいないところで勝手に恋心を暴露されたと知ったら、決してルークを許さないだろうと思ったのだ。

先程はルークの幸せな姿が見たいと言ってくれたが、自分が彼女を売ったなら話は違ってくる。思い残すことはないとばかりに、さっさと修道院へ入ってしまうに違いない。

「そうですか」

ジョシュアは急に蘇った。

生き生きと瞳を輝かせ、それで？　とばかりに身を乗り出してくる。

ルークは何だか馬鹿馬鹿しくなった。

プリシラは悲壮な顔で「勝手に思う分には構わないだろうと高を括っていた」などと言っていたが、やはり彼女が言うほど一方通行ではない気がする。

「おまえ、ほかに恋人がいるのか？」

プリシラの言葉を引用して、尋ねてみる。

歌姫シンシアとの噂は、ルークも知っていた。

だが、ジョシュアは見た目ほど浮ついた男ではない。女性受けする容姿のせいで誤解されがちだが、支援している女優に手を出すとは思えなかった。

そもそも、女優のパトロンをしていること自体、すぐには信じがたい。

案の定、ジョシュアは不快そうに眉を顰めた。

「そんなもの、いません。仮にいたのなら、王妃様を望むわけがない。陛下は私のことを、なんだと思っておられるのです」

「シンシア、だったか？　あの娘とはどうなっている。ローレンスの歌姫はお前の愛人だと、もっぱらの噂だぞ？」

「ただの噂です」

きっぱり否定するところを見ると、本当に疚しいことはないらしい。

「そうか。まあ、お前がそう言うのなら、そうなんだろう」

ルークは頷き、一言付け足した。

「プリシラは信じている様子だったがな」

ジョシュアの顔がみるみるうちに強張っていく。

「誰が彼女にそんなくだらない噂を……！」

「南の宮へは、存外色んな令嬢が出入りしているようだ。かくいう私も、娼館通いを密告された」

「陛下のそれは、本当のことではありませんか」

密告されて良かった、と言わんばかりの顔に、ルークはかちんときた。

たった今までは、ジョシュアとプリシラとの間にある謎の行き違いを早く解いてやりたいと思っていたのだが、待てよ、と思い直す。

行動力のあるジョシュアのことだ。プリシラが自分のことを好いていると知れば、すぐにでも彼女を下げ渡せと言ってくるかもしれない。

プリシラは、きちんと己の気持ちを打ち明けてくれた。

ジョシュアに長い片思いをしているのだと、謝罪してくれた。

だが、ジョシュアはまだ何も言っていない。ただ、王妃の下賜先を自分にしろ、とそう言っただけだ。

二人の想いの重さが釣り合っていないのなら、プリシラは幸せになれない。

「ジョシュア」

「はい」

「何故、プリシラを娶ろうと思った？　お前ほどの男なら、相手には事欠かないだろう。昔も今も、縁談は降るようにあるはずだ。まさかとは思うが、王妃に同情しているのか？……それとも、私が頼んだからか？」

王妃が決まったと知らされた日、確かにルークはジョシュアに頼んだ。

自分では無理だから、お前が気にかけてくれ、と。

あの時の命令を今も守り続けているのだとしたら、咎はルークにもある。

「同情や忠誠心なら、この話はなかったことにしよう。プリシラのことは、もう気にするな。他にも候補者はいるし、無理してお前が——」

娶ることはない、という言葉は口に出来なかった。

ジョシュアが鋭い眼差しでこちらを射抜いてきたからだ。

長い付き合いの中で、初めて目にする表情だった。怒りと憤り、そして執着が彼の瞳を昏く光らせている。

背筋がぞくりと凍った。

「——今更、他の者に？　あの時陛下は、是と答えたはずです。王妃様が了承すれば再婚を許すと、そう仰ったでしょう？」

ジョシュアが静かに問い質してくる。

「そう、だな」

ルークは頷くより他なかった。

「私はレイモンド様とは違います」

ジョシュアは更に、互いのトラウマである前王弟の名を口にした。

プリシラは彼にとっての逆鱗なのだ、とようやく悟る。

「いつか陛下との幸せを摑んで欲しいと、本気で願っていました。彼女が幸せなら、私はそれでよかった。本当にそれでよかったんです。……ですが、いらないというのなら、私が頂きます。陛下も一度は頷いて下さったはずです」

ジョシュアは思い詰めた顔で、そう言った。

二人の想いの天秤は、これ以上なく釣り合っている。

いや、プリシラの方が思い出にしている分、少し足りないかもしれない。

ルークは深々と嘆息し、謝罪した。

「今のは、お前の本気を疑った私が悪いな。前言は撤回する」

「いえ、私がむきになり過ぎました。申し訳ありません」

ジョシュアはすっかりいつもの様子に戻り、頭を下げた。

まるで今見せた激情が嘘のように、彼の纏う空気が柔らかくなる。

「陛下にお願いがあるのですが」

「なんだ？」

「南の宮へ通う許可を頂けませんか」

「……は？」

「王妃様は考えてみると仰られたのですよね？　書類に記載された事項だけで結論を出されては困ります。交流を深め、私という人間をよく知った上で、どうするか決めて頂きたいのです」

　ジョシュアの言っていることは間違ってはいない。

　間違ってはいないのだが、夫である国王に向かって『王妃のもとへ通っていいか？』はないと思う。

「いや、でも、それはまずいだろう。今はまだプリシラは私の妃だ。正式に離縁するまで、変な噂が立つのは良くない」

「ちっ……」

「舌打ち⁉　お前、今、舌打ちしたな！」

「陛下の聞き違えでしょう。お耳が遠くなられましたか」

「こいつ……！」

　ジョシュアとしばらく睨み合い、同時に笑い出す。

　こうやって悪ふざけが出来るようになる日がくるとは、きっと互いに思っていなかった。

　事件の後、深い傷を負ったのはルークだけではなかった。ジョシュアもまた、激しい後悔に苛まれていることをルークは知っていた。

　王宮に来たのがプリシラでなければ、今も暗い顔を突き合わせ、鬱々とした日々を過ごしていただろう。

　プリシラが照らしてくれなければ、自分達はずっと暗闇で蹲っていた。

「分かった。じゃあ、一緒に行こう」

「……一緒、とは？」

「私が王妃のもとへ通う時、お前も行けばいい。彼女はきっと、歓迎してくれる」

ジョシュアはしばらく思案した後、頷いた。

「分かりました。では、お供させて頂きます」

「私は途中で眠ってしまうだろうな。王妃と一緒に飲むと、気が緩んでしまって酒の回りが早いんだ。そしたら、二人で話せる時間がくる。お前も知っての通り、王妃の部屋には朝まで誰も近づかない」

「なるほど。では、とびきり強いお酒を用意しなくては」

ジョシュアがにっこり笑って答える。

「酷い男だな！」

ルークも笑ってジョシュアの肩を小突き、念の為に釘を刺した。

「一切手を出すなとは言わないが、順序を間違えるなよ」

「陛下の中の私は、随分な鬼畜なのですね」

「笑っていられるのも今のうちだ。プリシラは無防備だぞ？　箱入りで育てられているし、王宮に来た後も南の宮に隔離されてきたからな。世俗に関して無知な分、平気で男を試してくる」

「……陛下も試されたのですか？」

「さあな」

もしそうなら、彼女を手放すはずがない。

ルークは兄のような気持ちしか抱くことが出来なかった。プリシラとの仲は清いままだ。

だが、それをそのまま教えてやる義理はない。

ジョシュアは悔しさと羨望が入り混じった表情で、恨めしげにこちらを見てくる。

日頃の完璧な貴公子ぶりが嘘のようだ。

今のジョシュアは、一途で嫉妬深い、ただの男だった。

不完全さは、人である証なのかもしれない。

ルークは何とも愉快な気持ちになった。

第三章　二度目の恋

プリシラには、大抵のことでは動じない自信があった。

それなりの人生経験を積んできたという自負があったし、何かある度に動揺しているようでは一国の王妃は務まらない。

だが、今夜ばかりはどうしていいか分からない。

国王のお渡りがあるという触れまでは、いつもと同じだった。ところが、プリシラの部屋に現れたのは、ルーク一人ではなかったのだ。

「今夜から、ジョシュアも一緒に来ることになった」

ルークはそれだけ言うと、早速酒盛りの準備を始める。

彼と共にやって来たジョシュアも、早速ルークを手伝い始めた。

「軽食はどちらに？」

「いつもは窓際で飲むんだが、そこだと座る場所が足りないからな。こっちの応接テーブルに置いてくれ」

「分かりました」

今日の夜食は、ジョシュアが持ってきたらしい。大きな籠から、簡単につまめる軽食を次々と取り出し、テーブルに並べていく。

「こんなものかな。ほら、二人とも。立っていないで座れよ」

プリシラは呆然と立ち尽くすしかなかった。

ルークが上機嫌で手招きする。

ここは私の部屋なのですが、という台詞が喉元まで出てきたが、何とか呑み込む。

ルークの向かいのソファーに腰を下ろしたプリシラは、直後、心臓が跳ねあがりそうなほど驚いた。

「失礼します」

なんとジョシュアが隣に座ってきたのだ。

応接ソファーは、中央のテーブルを囲む形で四方に設置されている。いくら二人掛けだからといって、わざわざプリシラの隣を選ぶ意味が分からない。

「あの……少し狭くないかしら?」

恐る恐る尋ねてみる。

ジョシュアはじっとこちらを見つめ、寂しそうに言った。

「いいえ、私は全く。お嫌でなければ、隣にいさせて下さい」

エメラルドの美しい瞳が、すぐ傍で瞬く。

柔らかな声が含む懇願の響きに、プリシラは困惑した。

「嫌ではないけれど……」

「そうですか。それならよかった」

ジョシュアが心底嬉しそうに微笑む。

プリシラの心臓をたった一撃で貫く、強力な笑みだった。

一体、ジョシュアはどうしてしまったのだろう。いつもの宰相然とした冷徹さを、どこに置いてきたのだろう。

何か良くない薬を飲んで、錯乱しているとしか思えない。

いやまず、ここにいるのは本当にラドクリフ侯爵だろうか。錯乱しているのは、自分なのかもしれない。

「陛下、これはどういう……？」

向かい側に陣取ったルークに、助けを求める。

できれば、ジョシュアを一旦部屋の外に出して、こうなった経緯を全部話して欲しいくらいだ。

「ジョシュアは、あなたに求婚中の身だろう。改めて口説く機会が欲しいというから連れてきたんだが、問題があったか？」

「問題しかありません！」

プリシラは即座に答えた。

「どこに問題が？」

余裕たっぷりに問い返してくるルークの頰を、思い切り抓り上げてやりたい。

プリシラは物騒なことを考えながら、歯噛みをした。

「……私は、まだあなたの妻です。陛下は私に、不貞を犯せと？」

「こんな時だけ妻ぶるのはずるいぞ。普段は私を弟扱いしている癖に」

「それはそうですけれど……！」

ルークには、ジョシュアへの恋心を知られてしまっている。それが余計に恥ずかしい。

自分がこれほど動転しているのは、想い人がすぐ傍でこちらを見つめているからだと、きっとルークには分かってしまう。

「まあ、そう身構えるな。昔は、もっと気さくに話していたのだろう？　その頃に戻ったつもりで、楽しく話せばいいではないか」

ルークの発言にぎょっとしたのは、プリシラだけではなかった。

ジョシュアがぴくりと身動ぎし、「どうしてそれを？」と尋ねる。

プリシラは今すぐ窓から身を投げたくなった。

「王妃に聞いたんだ。南の宮へ引っ越してきた日に、お前と会ったそうだな。それからしばらく交流があったんだろう？」

ルークがグラスを傾けながら、簡単に説明する。

その想い出を後生大事に抱いている、というところには触れられずに済み、ホッと胸を撫で下ろす。どうやらプリシラの秘密を明かすつもりはないらしい。

「そうです。……王妃様は、全部陛下に話してしまわれたのですね」

ジョシュアは、後半の台詞をこちらに向けて言った。

落胆を滲ませたその言い方に、責められているような気分になる。

「全部ではないけれど、そうよ」

プリシラは開き直ることにした。

別に疚しいことはしていない。

自分の夫に昔の——今も続いてはいるが、初恋を話して何が悪いのだ。

「全部ではない、とは？　たとえば、何を話していないのです？」

ジョシュアが追撃してくる。

ルークはといえば、ニヤニヤとこちらを眺めながら一人酒を楽しんでいた。

「別に何でもいいでしょう」

「王妃様にとっては取るに足りないことかもしれませんが、私には大切なことです」

ジョシュアは真剣だった。だが、前半の言葉を黙って聞き流すことは出来ない。

プリシラにとって中庭での思い出は、どんな宝物にも代えられない唯一のものだった。当事者であるジョシュアにだって、侮られるのは耐えられない。

「知ったように言わないで」

プリシラは拳を握り締め、ジョシュアをまっすぐに見つめ返した。

「私がどれほど、あの思い出に助けられたか。どれほど、縋って生きてきたか。何も知らない癖に、勝手なことを言わないで」

「……っ」

ジョシュアは息を呑んで、プリシラを凝視した。

こちらを見つめる眼差しが、あっという間に深い色を帯びる。

ここまで来たら、もうやけだ。

プリシラはテーブルに並んだ酒瓶を取り上げ、空いたグラスになみなみと注いだ。

それから、一気に呷って喉に流し込む。

プリシラが選んだのは口当たりの良いワインだったが、それでも喉がカッと熱くなった。

「お、王妃?」

驚いたルークが腰を浮かす。

プリシラは彼の制止を無視し、更に杯を重ねた。

正面には仮初の夫。隣には、ずっと想い続けてきた初恋の人。

仮初の夫とは離縁が決まっているし、次の夫候補にはすでに愛人がいる。

こんな状況、飲まずにやり過ごせるわけがない。

静まり返った居間の中、プリシラは訥々と語った。

「陛下に言わなかったのは、私があなたに使った偽名よ。自分でも馬鹿みたいだと思うけど、他の誰にもあの名で呼ばれたくなかった。あなたに貰った助言も、あなたに教えてあげたおまじないの話も、言ってない。あれは私にとって、あなたが想像もできないくらい、大切な思い出だからよ」

「王妃様……」

「これで満足？」

たん、と音を立ててグラスをテーブルに戻し、プリシラはジョシュアを見遣った。

てっきり呆れかえっていると思ったのに、彼は何故か泣きそうになっていた。

エメラルドの瞳を潤ませ、ジョシュアはおもむろに口を開いた。

「今、ハンカチを持っていますか？」

一見突拍子もない問いかけだが、プリシラには分かった。

これは、あの日の続きなのだと。

「……ごめんなさい、持っていないわ」

掠れた声で呟く。

「それでは、私はまた一人で泣かなければならないのですね」

ジョシュアは薄く微笑んだ。

見惚れずにはいられない美しい笑みに、心臓を鷲掴みにされる。

ジョシュアは一つ息を吐き、静かに立ち上がった。

「無理を言って押しかけたのに、申し訳ありません。今宵はこれで失礼します」

「もう、いいのか？」

ルークが不思議そうに首を傾げる。

「はい。今日はもう充分です。予想以上のお返事を頂けたことに舞い上がっていますので、一人になって落ち着きたいのです」

ジョシュアは緩み切った表情で答えた。

蕩けるような眼差しには、艶っぽい色気が混じっている。

甘やかな瞳に一心に見つめられたプリシラは、困惑と羞恥でいっぱいになった。

彼がそれほど喜ぶ台詞を、自分はいつ言っただろうか？

「……あー、たぶん王妃は分かってないぞ」

「でしょうね。普段はあれほど聡いのに、ご自分のことには呆れるほど鈍い方ですから」

「それは確かに」

「長期戦は覚悟の上です。……では、御前を失礼致します」

ジョシュアは優雅に一礼し、立ち去っていった。

パタン、と扉が閉まった後で、プリシラはようやく我に返った。

恨めしい気持ちで、ルークに向き直る。

「何が、分かっていないのですか」

「何もかも、だろうか」

ルークは楽しげに笑って、グラスを持ち上げた。

「ほら、今夜は飲むのだろう。一緒に飲もう」

「……もう」

ジョシュアの真意について尋ねたかったが、ルークに話す気はなさそうだった。

プリシラの想いも彼に言わずにいてくれたのだ。

ここは、痛み分けということにしておこう。

だが、これだけは確認しておかなければならない。

「ラドクリフ様は、本気で私を娶るつもりなのですね?」

「ああ。本気も本気だ。早めにどうするか決めた方がいいと、私は思う」

今度ばかりは、ルークも真面目に答えてくれる。

プリシラはソファーに座り直し、新たな縁談について真剣に考えてみることにした。

国王が言う通り、ラドクリフ侯爵家は裕福だ。暮らしに困ることはない。

ジョシュアの人間性については、よく知っている。義を重んじる彼が、己の妻を虐げるとは思えない。

国王の妻になった経由も、離縁に至った理由も、ジョシュアなら知っている。結婚後、いらぬ詮索に悩むことはない。

……これは、なかなか良い縁談なのではないか。

残るは愛人問題だが、改めて考えてみれば、張り合うだけ無駄な気がする。

プリシラは女として愛されるタイプではない。見た目は地味だし、可愛げはないし、色気もない。

一生誰からも愛されない覚悟は、とうに出来ていた。

ならば、相手がジョシュアであっても何の問題もない。

もしかしたら、彼は愛人の為に正式な妻が欲しいのかもしれない。

シンシアに子が出来た場合も、正妻がいれば、ラドクリフ家の嫡男として育てることが出来る。

今度は自分のお飾りの妻になって欲しいと、そういうことなのかもしれない。

プリシラは酔った頭で結論を出し、一人悦にいった。

「なるほどね。……ようやく納得いったわ」

「そうなのか？　本当に分かったのか？」

ルークが疑わしそうに尋ねてくる。

「ええ。私と陛下は、信頼と家族愛で結ばれているでしょう？　そういう妻が、ラドクリフ様も欲しくなったのよ」

「……は？」

「愛する女性とは、夫婦にはなれない。だったら、別の関係で結ばれた妻を迎え、家の外で関係を続ければいい。なかなか考えたものですよね」

「見当はずれにも程がある」

ルークは確信に満ちた態度で、プリシラの推理を一刀両断した。

「どうして、そう言い切れるのですか？　当たっているかもしれないでしょう」

「どうして、って……。さっきのジョシュアを見ても、分からなかったのか？」

「やけに昔を懐かしがっていましたよね。あの頃の友情を取り戻したい、という気持ちのあらわれかもしれません」

ルークはこめかみを押さえた。

「分かった。あなたは酔っているんだ」

「そうですよ？　だって、沢山飲みましたから」

「そうだな。だから、正常な判断が出来ないんだ。よし、分かった。もう寝よう」

「嫌ですよ。私は、大好きな人のお飾りの妻になるんです。お飾りでもいいから、傍にいたいと思ってしまったんです。ねえ、陛下。こんな滑稽な話ってありますか？」

「滑稽といえば滑稽だが、そういう意味じゃないというか……」

「今夜は、飲みます。飲んで、割り切ります！」

きっぱり宣言して、再びグラスに手を伸ばす。

「もうやめておけ……って、おい、瓶ごと抱え込むな……！」

懸命に止めようとするルークの姿が、次第に霞んでいく。

その夜、プリシラは生まれて初めて酔い潰れた。

翌朝の目覚めは最悪だった。頭はガンガン痛むし、口の中は粘ついている。

寝室へ移動した覚えはないのに、きちんと寝台に横たわっている。おそらくルークが運んでくれたのだろう。

詳細は覚えていないが、随分と嫌な絡み方をしたような気がする。次に会ったら謝らなくては。

溜息を吐き、呼び鈴を鳴らして侍女を呼ぶ。

「ごめんなさい、飲み過ぎて頭が痛いの。二日酔いの薬はある？」

頭を押さえながら頼むプリシラに、侍女は目を丸くした。

あれからジョシュアは、暇を見ては南の宮へやって来るようになった。

来たからと言って、何をするわけでもない。

ただ一緒に茶を飲んだり、中庭まで散歩したりするだけだ。

「忙しいのではなくて？　こんなにしょっちゅう来なくてもいいのに」

「それは、私との縁談を受けて下さるということですか？」

プリシラがやんわり咎めると、ジョシュアは悪戯っぽく瞳を煌めかせる。

「違うわ。もしかして、私が受けると言うまで来るつもり？」

「そうですよ」

「……本当は暇なの？」

ジョシュアは、ふは、と噴き出し、首を振った。

「いいえ。そうならいいのにとは思いますが、長居出来ないくらいには予定が詰まっています」

「なら、無理はしないで」

「無理はしていません」

はっきり言い切られてしまえば、それ以上は何も言えない。

プリシラが「来るな」と言えば、もう来ないことは分かっていた。

分かっていて言わない自分は、ずるい女だ。

彼と過ごす穏やかな時間は、予想以上に居心地が良かった。

他愛もない世間話がふと途切れる時、プリシラが目を上げれば、ジョシュアは必ずこちらを見ている。

可愛くて仕方ないといわんばかりの優しい眼差しに、胸がじん、と痺れる。

初めて会った時、彼が妹になぞらえてきたことを思い出し、プリシラはほろ苦い笑みを浮かべた。

おそらく、ジョシュアは本当に自分を好んでくれている。

それが男女の恋愛ではないだけで、きっと結婚後も大切に慈しんでくれるだろう。

もう、それでいいかもしれない。

「どうされました？」

ぼんやりと考え込んだプリシラに気づき、ジョシュアが心配そうにこちらを覗き込んでくる。

『これからもあなたと一緒にいられるのなら、家族愛でもいいかもしれないと思い始めてきたの』――浮かんだ本音を打ち消し、プリシラは「なにも」と首を振った。

「そういえば、安眠のおまじないは効いた？」

これ以上追及されないよう、とっさに話題を変える。

「ええ。すぐに、というわけにはいきませんでしたが、就寝前のハーブティーを習慣にしたのが良かったのでしょうか。半年くらいでぐっすり眠れるようになりました」

「そう。よかったわね」

「はい。王妃様から頂いたハーブピローにもとても癒されました」

「あれ、一度使い始めると止められなくなるわよね。今は、何代目なの？」

「……何代目、とは？」

ジョシュアは不思議そうに瞳を瞬かせる。

プリシラは、分かりにくい言い方だったたか、と言い直した。

「香りが続くのは、長くて一年くらいでしょう？　今使っているのは、幾つ目のハーブピローなのかしら、と思って」

「ああ、それなら初代ですよ」

ジョシュアの答えに、プリシラは目を丸くした。

「初代、って、私があげたあれ？」

「はい」

「さすがにもう使えないでしょう。新しいものを買えばいいのに。探せば街の雑貨屋でも売っていると思うわ」

「あれと同じものは売っていません」

「それはそうだけど……そんなに気に入ったのなら、また作ってあげましょうか？」

プリシラは特に他意なく言った。

効用が切れているものを使い続けるのは無駄な気がしたのだ。

「本当ですか？」

ジョシュアの表情が目に見えて明るくなる。

「こんなことで嘘はつかないわ。でも、今は手元に肝心のポプリがないの。また合間を見て作るから、少し待っていてね」

彼は心底嬉しそうに破顔し、「では、楽しみにお待ちしています」と答えた。

足取りも軽く帰っていく背中を見送ったプリシラは、無意識のうちに微笑んでいた。

翌日、ジョシュアから大量の薔薇が届けられた。

色も香りも違う様々な品種の薔薇が、大きな箱にぎっしりと詰まっている。

『これで「材料がないから作れなかった」という言い訳は使えませんよ』

添えられたカードには、流麗な筆跡でそう書いてある。

昔のジョシュア・マクファーレンが言いそうな台詞に、プリシラは声を立てて笑った。

メイドが下がるのを見計らい、箱の中に顔を近づける。

百本近くある薔薇の香りは、多くの種類があるにもかかわらず、見事に調和していた。

鼻腔を満たす爽やかな甘い香りに、プリシラの心まで満たされる。

もしかしたら、これが狙いだったのかもしれない。だってポプリを作るには多すぎる。

彼の細やかな心配りに癒されるのは、これで何度目だろう。

改めて、ジョシュアが好きだと思った。

初恋相手に二度目の恋をするなんて、自分くらいではないだろうか。

それだけプリシラの世界が狭いということなのだろう。

だが、狭くていい。

プリシラが知っている恋は、ジョシュアとのものだけでいい。

ジョシュアが通い始めて二ヶ月が過ぎた頃、プリシラの自室に侍女頭がやって来た。

彼女の思いつめた顔を見て、ついにこの日がきたか、と嘆息する。

「こんなことをお耳に入れるのもどうかと思ったのですが、ラドクリフ様のことが本宮で噂になっているようです。もちろん私達は、プリシラ様に疚しいところがないと分かっています。会うと言ってもほんの短い間ですし、お茶を飲んで帰られることが殆どですもの。ですが、実情を知らない者には逢引きに見えるのでしょう。あまり頻繁に通って来ないよう、陛下から注意して頂くのがいいのではないかと思います」

多忙なはずの宰相が王妃のもとへ足繁く通うようになれば、誰だって不審に思うだろう。

ジョシュアが王妃に横恋慕しているのではないか、と疑う者が出てきてもおかしくない。

「……実は今、ラドクリフ様に求婚されているの。でもそれは、陛下がお許しになったことなのよ」

プリシラは思い切って、真実を打ち明けることにした。

侍女頭の顔に驚愕と困惑が浮かぶ。

「そ、それは一体どういう……」

長い付き合いの彼女がどもるところを、プリシラは初めて見た。

「驚くのも無理はないわ。どうか心を落ち着けて聞いてね」

そう前置きし、今年中に国王と離縁し、王宮を出ること。次の嫁ぎ先としてラドクリフ侯爵を薦められたこと。何故か本人も乗り気で、頻繁に通ってくるようになったことを説明する。

目を白黒させて聞いていた侍女頭は、しばらく黙り込んだ後で、こう言った。

「そこまで決まっているのなら、陛下に公表して頂くわけにはいかないのでしょうか。事情が知れ渡れば、プリシラ様やラドクリフ様に眉をひそめる者はいなくなりますし、南の宮以外でも会えるようになりますわ」

「離縁の話には驚かないのね」

「私も、例の決まりは知っています。お子が出来ない以上、近いうちに王宮を出られるおつもりなのだろうと覚悟はしておりました」

「そう。あなたにも苦労をかけるわね」

「いいえ。これくらい、何でもありません。……プリシラ様の次のお相手がラドクリフ侯爵だと知ったら、本宮は大騒ぎになるでしょうね」

侍女頭は何を想像したのか悪い笑みを浮かべ、ふふ、とほくそ笑む。

「まだ決まったわけじゃないわ。でも、そうね。ラドクリフ様を止めることは出来そうにないし、陛下に話してみる」

プリシラは翌日、早速ルークに手紙を出した。

『ラドクリフ様の訪問が、本宮でも噂になり始めているとか。このままではラドクリフ様はもちろん、陛下のお名前にも傷がつきます。私との離縁が決まっていることを、公表するわけにはいかないでしょうか？』

『言いたいことは分かった。確かにこのままでは、お前達の立場が悪くなるな。次の議会で皆に話すことにする』

ルークが一度交わした約束を破ることはない。

力強い筆跡で書かれた言付けを見て、プリシラはひとまず安心した。

翌週開かれた定例会で、国王は王妃との離縁が決まったことを発表した。

「私にとってプリシラは、かけがえのない妻だった。彼女を失うのは大変な痛手だが、国王自ら法を破るわけにもいかない。本日より半年の確認期間を置いて、王妃は南の宮を出る」

十年子がなかった王妃は離縁されるが、決まってすぐに王宮を出ることは許されていない。国王が通わなくなった後に懐妊が発覚する可能性を鑑みてのことだ。

貴族達は粛々とルークの決定を受け入れた。そうなるだろうと予想していた者が大半を占めていた為、特に混乱もなく承認される。半年の猶予期間に妊娠が分かることはまずないだろう、というのが彼らの見解だった。

マレット公爵に同情の視線を寄せる者はいたが、公爵は当然だといわんばかりの顔で一切の動揺を見せなかった。

「貴族院は、次期王妃の選定に入るように。私から出す条件は、二つ。若過ぎないことと、本人が乗り気であることだ。他に想い人がいると知った上で娘を無理やり差し出した者には、厳罰を与えるからな。皆が容姿や家柄より、人となりを重視して選ぶことを期待している」

続くルークの言葉に、年頃の娘を持つ貴族達がざわめき始める。

だが、最も彼らを驚かせた言葉は、最後に投下された。

「プリシラの下賜先はすでに決めた。二人には、この機に互いへの理解を深めるよう命じてある。無駄に騒がず見守って欲しい。以上だ」

肝心の男の名を、ルークは発表しなかった。

プリシラの逃げ道を残したつもりなのだが、殆どの者はすぐにラドクリフ侯爵だと察した。

「なるほど。宰相は王命で通っていたというわけか」

「しかし王妃様を彼に下賜なさるとは……」

「前例がないわけではないが、異例の処遇だな」

貴族達は口々に囁きながら議会場を出て行く。

最後に残ったのは、マレット公爵とジョシュア、そしてルークの三人だけだった。

「ようやく娘が戻ってくると、妻共々楽しみにしていたのですが、ぬか喜びですか?」

マレット公爵が冷ややかな表情で切り出す。

ルークは苦笑を浮かべ「そう怒るな」と義父を宥めた。

「何も手を打たずに王宮を出せば、プリシラは修道院へ入ったのだぞ?」

思わぬ返事に、公爵は大きく目を見開く。

「修道院へ？ 娘が、本当にそんなことを?」

「本当だとも。私が言い当てたら、悪巧みがバレた子どものような顔をしていた」

「ああ、……それなら、きっとそうなのでしょう」

マレット公爵は額を押さえ、疲れたように頷いた。

それから無言で、ジョシュアを見遣る。

ようやく発言の機会を得たジョシュアは、緊張した面持ちで口を開いた。

「まだ正式な返事は頂いておりませんが、頂いた暁には、必ず幸せにします」

「結構な決意表明だが、ご自身の身辺整理を済ませるのが先ではないかな？」

マレット公爵の耳にも、歌姫シンシアとの噂は届いている。

取り付く島のない公爵の返答に、ジョシュアは急いで弁明した。

「結婚前に整理しなくてはいけない関係など、誰とも築いておりません」

「たとえ噂だけであっても、不快だと言っている」

マレット公爵はぴしゃりと言い切り、ルークに向き直った。

「全ては陛下がお決めになること。ですが、私は今度こそ娘の肩を持つと決めております。十年です、陛下。充分過ぎるほど、娘は尽くしたはずです。プリシラが少しでも嫌がる素振りを見せたなら、必ず実家に戻します」

「分かった。私も妃の意に染まぬことを強いるつもりはない」

「それを聞いて安心しました。では、本日はこれで」

マレット公爵は、ジョシュアには別れの挨拶もせずに立ち去っていった。

後に残された二人は、顔を見合わせ、深い溜息をつく。

「……なあ、ジョシュア」

「なんですか、陛下」

「どうして、早めに噂を消さなかったんだ？　お前らしくもない」

ルークはここぞとばかりに尋ねてみた。

本当に何でもないのなら、不名誉な噂を立てられた時点で動きそうなものなのに、何故三年も放置していたのか不思議でしょうがない。

「……縁談避けにちょうど良かったのです。私は一生結婚しないつもりでしたので」

ジョシュアは、淡々と理由を話した。

「彼女も援助さえ続けてくれるのなら話を合わす、と」

プリシラへの想いに殉じる覚悟だったのか、とルークは内心驚嘆する。

ジョシュアに王妃を奪い取るつもりはなかったことを改めて知り、ルークは嬉しくなった。確かに彼は、レイモンドとは違う。

「歌姫を隠れ蓑に使ったんだな」

「はい。……まさかこうなるとは思いませんでした」

ジョシュアは心底、後悔している様子だった。

傷口に塩を塗り込むようで悪いとは思ったが、ルークはプリシラの抱いている誤解を伝えることにした。

「王妃も、本気で愛人がいると思っているぞ。今度はお前のお飾りの妻になるのか、などと言っていた」

「そんな……」

ジョシュアは絶句し、がくりと肩を落とす。

「私はそれほど不誠実な男だと思われているのですか」

「そこは、まあ自業自得だな」

ルークは容赦なく言って、情けないといわんばかりに顔を顰める。

「王妃も普段はもっと公平なんだが、この件に関しては聞く耳を持たないんだ。お前がどれだけ南の宮へ通っても、茶だけ飲んですぐに帰ってくるようじゃ、誤解を解くのは難しいんじゃないか？」

プリシラにとって、ジョシュアは十年近く拗らせた初恋相手だ。そもそも彼女はルークと同じく、まともな恋愛をしたことがない。片思いの相手にまつわる醜聞に、冷静な判断を下すことは出来ないのだろう。

「慎重にもなります。加減を間違えて嫌われたらどうするんですか」

職務においては何より効率を重視する宰相らしくもない言い訳に、ルークはおかしくなった。

調子を狂わせているのはプリシラだけではないらしい。

ジョシュアは、それに、と続ける。

「二人で過ごせるだけでも、今は胸がいっぱいで」

エメラルドの瞳が幸せそうに細められる。

何とも純情なことを言う三十一歳を生暖かい目で眺め、ルークはそうか、と答えた。

だが、ジョシュアが余裕を持って構えていられたのは、プリシラとシンシアが出会うまでだった。

その日の昼過ぎ、南の宮には珍しい面子（メンツ）が集まった。

ルークとジョシュア、そしてマレット公爵だ。

図らずも国王と宰相、外務大臣が集うことになり、ちょっとした会議でも開けそうな様相を呈している。

彼らを案内してきた侍女はプリシラが命じるより先に部屋を出て行ったし、後からお茶と菓子の載ったワゴンを押してきたメイドも、テーブルの上にそれらを置くが早いか、そそくさと立ち去って行く。使用人達は、これからここで重要な話し合いが行われると思っているようだ。

（私は何も知らされていないのだけど——）

プリシラは釈然としない気持ちで、己の定位置に腰を下ろした。

いつかの夜はすぐ隣に腰掛けてきたジョシュアも、今日は大人しく一人掛けソファーに座っている。

「それで？　一体どうしたんです？」

プリシラが首を傾げて尋ねると、ルークとジョシュアの視線がマレット公爵に集まった。

どうやら今日の訪問は、父が主導権を握っているらしい。

「本日は、観劇のお誘いに参りました」

公爵はしらっとした顔で話を切り出した。

「観劇……？」

「ええ。なかなか取れないと評判のチケットを入手することが出来まして。せっかくですから、たまには一緒に出掛けてみたいと思ったのです」

ジョシュアの頬が強張っていくのが、視界の端に入る。

プリシラは嫌な予感を覚えながら、父を見つめ返した。

「お誘いありがとう。公務以外で行く機会はなかったけれど、観劇なら私も好きだわ」

「では、予定を調整しても？」

「ええ、お願い」

公爵との話はすぐに終わってしまう。これなら、二人で話してもよかったのではないだろうか。

プリシラが内心首を捻っていると、公爵はにこやかな笑みを浮かべたまま、ルークとジョシュアに話を振った。

「よろしければ、陛下と閣下もいかがですかな？　今をときめく歌姫シンシアが、彼女の為に書き下ろされた歌劇で、身分違いの恋に身を焦がすヒロインを演じるとか。すでに初演は大成功を収めているそうですよ」

マレット公爵は、『歌姫シンシア』と『身分違いの恋』という部分を特にはっきり発音する。

ジョシュアは低く呻いた。

ルークも額を押さえ、深い溜息をつく。

「……なるほど、そうきたか。王妃にする大事な話というのは、このことか？」

ルークの問いに、公爵は頷いた。

「ええ。王妃様を私的な外出に誘うことを、私はずっと自分に禁じてきました。公私のけじめをつける為です。ですが、そろそろいいのではないかと思いまして。なんせ、新たな縁談相手も通ってきているというのですから、私が遠慮する理由もないでしょう？」

プリシラはようやく理解した。

父は、ジョシュアが気に入らないのだ。

愛人を囲った上で娘を貰い受けようとする宰相が、不実に思えて仕方ないのだろう。改めて言葉にすれば、確かに眉を顰めてしまう話だ。父が怒るのも無理はない。

だが、ジョシュア一人を責めるのは間違っている。

愛する人が別にいると知っているのに、はっきり断らず、返事を引き延ばしているプリシラだって同罪なのだ。

「お父様、私は全てを承知しているのよ」

プリシラが言うと、公爵は弾かれたようにこちらを振り返った。

「そうなのか？　それでもこの話を受けると？」

先ほどまでの丁寧な口調が消えている。

二人きりの時以外は、常に臣下としての態度を崩さなかったというのに、余程動揺しているのだろう。

「そうね。受けようと思っているわ」

プリシラの返答に、ジョシュアが小さく息を呑んだ。

ちらりと横目で見てみれば、歓喜と不安が入り混じった複雑な表情を浮かべている。

「私は反対だ」

マレット公爵は老いた頬を怒りで紅潮させた。

「宰相に嫁ぐのは、別にお前でなくていい。陛下の時とは、事情がまるで違う！」

「それは私にも分かってる。でも、だったらどうしろと？　いつまでも実家で暮らすことは出来ないわ。お兄様の代になっても、私に本館に居座っていろというの？」

マレット公爵は返答に詰まり、悔しげに拳を握りしめた。

プリシラの言うことに理を認めたのだろう。

貴族の娘が独りきりで生きていくことは出来ない。下級貴族の娘なら、家庭教師となって他家へ奉公に出る選択肢もあったが、公爵家の姫――ましてや元王妃では無理だ。

結局は誰かと再婚するか、修道院へ入るしかない。

「……私は、たった一人の娘を不幸にしてしまうのだな」

父の表情は慚愧(ざんき)に満ちていた。

彼は未だに、娘に無理を強いたと思い込んでいるのだ。

プリシラは手を伸ばし、公爵の乾いた手を握った。

「ねえ、お父様。私はあの時、話を聞いてよかったわ」

昔はもっと大きく感じた拳を、今は小さく感じる。

「陛下の隣にあれたことを、私は誇りに思っている。世継ぎを産めなかったことは申し訳ないけれど、それでもあの時王妃になったのが私でよかったと、自負しているの。うぬぼれてるって笑わないでね？」

マレット公爵の双眸から、涙がしたたり落ちる。

彼は泣きながら、首を振った。

「うぬぼれなんかじゃないよ、プリシラ。君以外の誰にも務まらなかったと、私だって思っている」

プリシラの瞳にも熱い涙が浮かんできた。

昔から変わらず自分を案じてくれる父の気持ちが、嬉しかった。

「陛下の為に、お父様は最善の選択をした。そして私は、最善の結果を出した。最後は胸を張って王宮を出て行くつもり。そしてその後は、共に陛下を支えてきたラドクリフ様と、並んで歩んでいきたいの」

「そうか。……分かった。君がそこまで言うのなら、私が反対する理由はない」

マレット公爵は素早く涙を拭い、一つ咳払いした。

ルーク達の前で感情をあらわにしたことが恥ずかしいのだろう、耳が赤くなっている。

「申し訳ありません、取り乱し……へ、陛下!?」

公爵は下げかけた頭をがばりと戻し、目前の国王を二度見した。

ルークは大粒の涙を流し、しゃくり上げている。

「わ、わたしだってな！　私だって、プリシラでよかったと、そう、思って……ううっ」

プリシラは軽く息を吐いて立ちあがり、ルークの後ろに回った。

涙で汚れた頬を拭ってやり、震える背中をあやすように叩く。

「そうですよね。陛下ももちろん、そう思って下さっていますよね。ですから、私は今でも充分幸せなんです」

プリシラは熟練の技でルークをあっという間に落ち着かせると、この奇妙な会合の解散を宣言した。

「ここで油を売っている暇はないはずですよ。本宮からの迎えが来る前に、どうかお引き取り下さい」

「分かった……頑張ってくる」

「はい、陛下。いってらっしゃいませ」

「では、私もこれで。また改めて外出の日程をお知らせ致します」

「ええ、楽しみにしています」

ルーク、そしてマレット公爵の順で見送り、最後に残ったジョシュアを振り返る。

彼は、悄然(しょうぜん)とした様子で立ち尽くしていた。

「ラドクリフ様も、どうぞお戻りください。お忙しいのでしょう?」

「ええ。ですが、私はあなたに言っておかなければならないことが――」

ジョシュアの思い詰めた表情を見て、プリシラは首を振った。

「例の歌姫のことなら、話して頂かなくて結構。誰にだって踏み込まれたくない部分はあるでしょうし、父にも言ったけれど、私は気にしないわ」

さっぱりと言い切ってみせたが、本音は別にある。

ジョシュアの口から、想い人の話を聞きたくなかった。

それがどんなものでも、嫌だった。

「気にしない、か……」

彼はプリシラの言葉を繰り返し、自嘲の笑みを浮かべる。

「分かりました。では最後に一つだけ、確認させて下さい」

「いいわ、言って」

「本当に、私の求婚を受けて下さるのですか?」

一体何を言われるのかと身構えたプリシラは、なんだ、と肩の力を抜いた。

「ええ。よく考えてみたら、私にはもったいない話だったわ。すぐにお返事できなくて、ごめんなさい」

プリシラは、ジョシュアに礼儀正しく微笑みかけた。

決めてしまえば、何故あれほど悩んだのか分からない。

ジョシュアもこれで肩の荷が下り、安堵するだろう。

プリシラはそう思ったのに、彼は苦しげに瞳を歪めた。

まるでこっぴどく振られたような表情に、驚いてしまう。

「……ラドクリフ様?」

「どうやら私は、自分が思っていたよりも欲深かったようです」

「それは、どういう意味？」

突然放たれた意味深な言葉に、プリシラは戸惑った。

ジョシュアはゆるく首を振る。

「いえ。……では、何か証を頂けますか？」

「証……？」

ジョシュアの申し出に、瞳を瞬かせる。

さっきから、彼が何を言っているのか分からない。

「はい。確かに王妃様が私の妻になって下さるという証です」

「念書を書けばいいのかしら。ちょっと待ってね」

口約束ではなく確かな形で返答を欲しがる彼に、プリシラは苦笑した。

だがそれくらいでないと、宰相職は務まらないのかもしれない。

一筆書いて来ようと身を翻しかけたところで、肘を取られる。

ぐらりと身体が傾き、よろめきそうになった。

「え……――」

気づけば、プリシラはジョシュアに抱き締められていた。

左手で強く腰を引き寄せられ、右手をぎゅ、と握られる。

上背のある彼に覆いかぶさられたプリシラは、為す術もなくのけぞった。

あっという間に近づいたエメラルドの瞳は、暗い情熱を宿している。

「私が欲しいのは、いつでも破ってしまえる紙切れなんかじゃない」

ジョシュアは、低い声で囁いた。

混じる吐息が、唇の表面を掠める。

プリシラはようやく、自分の置かれている状況を把握した。

不作法過ぎる振る舞いを咎めなくては、と頭では思うのに、全身の力が抜けて押し返すことさえ出来ない。

「抵抗しないんですか？」

眩暈がするほどの色香を孕んだ声が、唇の傍に落とされる。

プリシラはぼうっとする頭で懸命に考えた。

ルークはすでに離縁を宣言し、議会もそれを認めている。

今のジョシュアは、王妃にとって国王公認の求婚者という立場にあった。

ならばこれは、不貞ではない。交わす口づけだって、単なる契約の証拠だ。

自分にとっては初めてのキスだが、相手がジョシュアなら願ってもない。

プリシラは覚悟を決め、エメラルドの瞳を見つめ返した。

「口づけが証だというのなら、好きにしたらいいわ」

「……っ、」

ジョシュアはプリシラの手をきつく握りなおすと、荒っぽく唇を押し当ててきた。

感慨に浸る間もなく、下唇を甘く噛まれる。

途端、背筋に痺れが走った。

びくんと震えた身体は、ジョシュアを更に煽ったようだった。

彼は角度を変えて深く口づけなおし、再び唇を噛んでくる。

ジョシュアがかじりつく度、びりびりと背筋が震える。

初めて感じる官能に、プリシラは涙目になった。

「ん……っ」

勝手に唇が薄く開いてしまう。ジョシュアはすかさず舌をねじ込んできた。

肉厚の舌がプリシラの口腔を確かめるように愛撫していく。

こんなの、知らない。

プリシラは慄いた。

これほど生々しい行為は、自分が知識として知っているキスではない。

「――んっ、んーーっ!」

首を振って逃れようとしたが、ジョシュアは腰に回していた左手をほどき、プリシラの顎を摑んで固定した。

強引過ぎる手つきとは裏腹に、プリシラの唇を貪る舌の動きは艶めかしく繊細だった。

舌先で上顎をくすぐられ、歯列をなぞられる。

プリシラの全てを確かめずには済まさないという強い意思を感じる。

噛みつくように始まったキスは、すっかり淫らなものになっていた。

ジョシュアは執拗に舌を絡ませ、吸い上げ、こぼれそうになる唾液を舐め取った。

おずおずと舌を動かせば、歓喜したように更に貪られる。

初めての激しい求愛行為に、呼吸もままならない。

プリシラは両手を下ろし、彼の激情に身を委ねた。

ようやくジョシュアの腕が緩められた時、プリシラはぐったりとしていた。

腰が砕けてしまって上手く立てない。

ジョシュアの胸にもたれかかったプリシラを、彼は優しく受け止めた。

「……ずっと、こうしたかった。私は謝りません」

ジョシュアは囁くと、プリシラを軽々と抱き上げ、ソファーへ移した。

呆然とソファーに沈み込んだプリシラの前に膝をつき、乱れた前髪を丁寧に撫でて整えてくれる。

ずっとこうしたかった、と彼は言った。

愛人と正妻を器用に分けて扱える男だったのか、と幻滅する。

それでもなお、彼を嫌いになれない自分は大馬鹿者だと思った。

「……謝って欲しいなんて言ってない」

「そうでしたね」

ジョシュアに悪びれた様子はない。

国王の妻にあれほど性的な戯れを仕掛けたばかりだというのに、平然としている。

彼は慣れているのだ、とプリシラは今更なことに思い至った。

ジョシュアがシンシアと付き合い始めたのは、三年前。

三年間もプラトニックな関係であるわけがない。

彼女とも同じ、いや、もっと親密な行為をしているのだと思うと、胸が張り裂けそうに痛む。

胸を食い荒らす感情は、悲しみだけではない。

プリシラは、見たこともない女性に激しく嫉妬していた。

こんなに苦しい思いをするくらいなら、応じなければよかった。

彼がどんな風に女性を愛するのか、知らなければよかった。

深く後悔しながら、顔を背ける。

「気が済んだのなら、もう行って」

「後悔しているのですか」

まるで胸のうちを読み取ったかのように、ジョシュアが尋ねる。

跪いているせいで、彼の目線の方がプリシラより低い。

上目遣いで見つめられ、ずきずきと痛む胸が更に締め付けられた。

縋るような眼差しは、プリシラの許しを請うていた。

「ずるいわ」

「え……？」

「あなたばかり余裕でずるい。そんな顔で見たって、許してあげないわ」

ジョシュアは目を大きく見開き、ふっ、と笑み崩れた。

「ずるいのはあなただ。すぐにそんな可愛いことを言って、これ以上何も出来ないようにしてしまう」

彼は柔らかく微笑みながら、プリシラの頬を愛おしげに包み込む。

そして今度は、軽く触れるだけのキスを落とした。

これ以上なく大切にされていると、錯覚したくなるようなキスだった。

ジョシュアはようやく立ち上がり、暇を告げる。

「また来ます。その時も証をくださいね」

「え？　これきりではないの？」

「そんなこと、一言も言っていません」

ジョシュアは素知らぬ顔で答えると、今度こそ部屋を出て行く。

一人残されたプリシラは天を仰ぎ、長い溜息をついた。


予告通り、それからもジョシュアは頻繁に通ってきた。

以前と同じく、滞在時間はさほど長くない。

ただ、ただお茶を飲んで帰るだけの訪問ではなくなった。

帰り際、ジョシュアは必ず期待に満ちた瞳でこちらを見つめてくる。

気づかぬ振りでやり過ごせば、もしかしたら無理強いはしてこないのかもしれない。

だが、プリシラはいつもその眼差しに負けてしまう。

どちらからともなく顔を寄せ合い、そっと唇を触れ合わせる。

心臓が早鐘を打ち、胸が痛くなる。

ジョシュアはもう、激しく淫らなキスはしてこない。

その代わり、愛おしくてならないといわんばかりの優しいキスをする。

頬に触れる手も、くすぐるように触れる唇も、プリシラへの思いやりに満ちている。

本当に愛されているような錯覚に陥り、泣きたくなった。

「……そんな顔、しないで下さい。悪いのは全部私です。何もかも、私のせいにすればいい」

ジョシュアが額をこつんとぶつけ、低い声で囁いてくる。

「私、どんな顔をしていたの？」

「ご自分を責めているように見えました。……陛下が恋しいですか？」

プリシラは驚いた。

ルークのことは、頭の片隅にもなかった。彼の言い方では、まるで自分がルークを慕っているように聞こえる。

ルークが真実をジョシュアに打ち明けていない可能性は、全く浮かばなかった。

彼らの間に隠し事はないだろうと決めつけたのだ。

（ルークとは清い関係だと、ジョシュアも知っているはずなのに……）

不思議に思いながら、率直に答える。

「陛下には申し訳ないけれど、ちらとも考えなかったわ」

「そんなこと言ったら、舞い上がってしまいますよ？」

「だって、本当のことだもの」

「では、何を考えていらしたんですか？」

ジョシュアの問いに答えることは出来なかった。

あなたに本当に愛されているような気がした、なんて自惚れもいいところだ。

「何も。……ほら、もういいでしょう？　今日はおしまい」

冗談めかして言い、彼の胸を押す。

「分かりました。では、また」

ジョシュアはプリシラの手を取り、手のひらに軽く口づけた。

手の甲へのキスは敬愛を、手のひらへのキスは懇願を意味する。

有名な詩の一節を思い出したプリシラは、己の自惚れが深まらないよう、慌てて心に蓋をした。


観劇の約束をしてから十日経ったその日。

ようやくマレット公爵が南の宮へやって来た。

互いのスケジュールの調整に手間取ったが、明日の夜なら出かけられるという。

「急な話で申し訳ありません」

「全く問題ないわ。楽しみにしているわね」

プリシラはにこやかに微笑み、父の誘いを快諾した。

しばらく家族の近況について話した後、公爵が帰っていく。

一人きりになった居間で、プリシラは深い溜息をついた。

父にはああ言ったが、本当は緊張でどうにかなりそうだ。

噂でしか知らない歌姫を、明日の夜、ついにこの目で見る。

ジョシュアの愛人である彼女を前に、自分はどこまで平静を保てるだろうか。

父の誘いに頷いた時は、まだジョシュアに触れられたことがなかった。

自分はたかだかキス一つで、彼への独占欲を覚えてしまったのだ。

テーブルの上には、父が置いていったパンフレットが載っている。

そのパンフレットを、プリシラは複雑な気持ちで見つめた。

観劇自体は嫌いではなく、むしろ好きな方だ。

ドラマティックに繰り広げられる人間模様に一喜一憂したり、自分の知らない世界を楽しんだり。誰より高い地位にありながら、実は誰より不自由な生活を送っているプリシラにとって、世界は広いと実感できる数少ない時間でもある。

今回の観劇も、例の歌姫が出演していなければ、もっと純粋に楽しみに出来た。

(泣き言を並べたって仕方ないわね。自分が決めたことなんですもの)

プリシラは意を決し、パンフレットを手に取った。

軽くめくってあらすじを確認してみる。

舞台は、とある帝国。

将軍であるミハイルは、ある日遠征先で一人の少女を保護する。

レーナという名の少女は、戦火で家も家族も焼かれた戦災孤児だった。

ミハイルは責任感と同情心から彼女を引き取り、共に暮らすことにする。

少女の身元が不確かなこと、身なりから判断するに平民であることから、正式な養女には出来なかったが、二人は家族としての絆を築き始める。

少女と将軍は、十も違わない。

親子には見えないし、兄妹というには年が離れている。

レーナは将軍のことを「旦那様」と呼ぶことにした。

もちろん、主人と使用人という立場から見た「旦那様」呼びなのだが、将軍はそれをくすぐったく感じるようになる。

年を重ねるにつれ、二人は互いを愛しく思うようになるが、身分差という大きな壁に阻まれ、想いを成就することが出来ない。

やがてミハイルは周囲の圧力に負け、王女を娶ると決める。

結婚式前夜、レーナはこっそりと家を出る。新婚夫婦が住む家に居続けることは出来ないと思い詰めたのだ。

レーナは最後にミハイルの寝室に忍び込み、ぐっすりと眠る想い人を眺めながら別れを歌い上げる。

この場面でレーナが披露する独唱曲が、見どころの一つだと解説には書いてあった。

ヒロイン役のレーナを務めるのは、もちろん歌姫シンシアだ。

このパンフレットは初演後に作られたらしく、巻末に観た者のコメントが寄せられている。そこではシンシアの、少女時代から娘時代までを一人で見事に表現する演技力と、ずば抜けた歌唱力が絶賛されていた。

「……寝室に侵入されたのに気づかないなんて、この将軍、大丈夫なの？」

プリシラはふん、と鼻を鳴らした。

「しかも、大声で歌っているのに目覚めないとか、ありえないわ」

何とも底意地悪い気持ちで、観てもいない劇を批判した後、プリシラはずんと落ち込んだ。

最近の自分は、ものすごく嫌な女だ。嫉妬とは、これほど人を醜く変えるものかと怖くなるほど、シンシアが気に入らない。

ジョシュアに愛されている彼女が、疎ましくてたまらない。

このままでは、いずれジョシュアのことも憎んでしまいそうだ。

どうすれば、以前のような平穏を取り戻せるのだろう。

プリシラは途方に暮れながら、パンフレットを閉じた。

第四章　セレナーデ

そして迎えた観劇当日。

プリシラは念入りに支度を整え、迎えを待った。

「どこもおかしくない？　髪はこれで大丈夫？」

全身が映る鏡の前で己の姿を確認しながら、背後に控える侍女頭に問いかける。

「何時にもましてお綺麗ですわ。大丈夫です、今夜の王妃様には誰も敵いません」

これ以上なく完璧な返答に、プリシラは恥ずかしくなった。

仕上がりを気にする理由を、彼女には見抜かれてしまっている。

普段のプリシラは、それほど身なりに拘らない。

もちろん、王妃としての威儀を保つ為にある程度は着飾るが、今夜ほど熱心に取り組んだことはなかった。

「ありがとう。せめて、惨めな思いはしたくなくて」

シンシアは女優だ。美貌も仕事道具の一つという彼女に、地味なプリシラが太刀打ちできるとは思えない。

分かってはいても、無駄な努力を止められない。

「惨めだなんて、そんな――。歌姫だか何だか知りませんが、所詮市井（しせい）の女ですわ。惨めになるのはあちらの方です！」

侍女頭は憤然と言った。

彼女の忠誠心をありがたく思うと同時に、それは違う、と首を振る。

恋の前では身分など、何の意味もない。

「それを言うなら、私だって所詮、元王妃だわ」

「プリシラ様……」

侍女頭の瞳が、痛ましそうな色を帯びる。

更に何かを言いかけようとした彼女を、ノックの音が遮った。

「迎えが来たみたい。行ってくるわね。留守をお願い」

「はい……。いってらっしゃいませ」

侍女頭は言い足りない顔で、肩にショールをかけてくれる。

プリシラは小さなポーチと扇を持ち、足早に入り口に近づいた。

「時間通りね、お父様」

そう言って扉を開ける。

ところがそこに立っていたのは、公爵だけではなかった。

夜会用の礼装を纏ったジョシュアが、同じく正装姿の父の隣に並んでいる。

彼も来るとは聞いていたが、直接劇場へ向かうものだと思っていた。

「こんばんは、ラドクリフ様」

動揺を押し隠し、穏やかな笑みを浮かべる。

今宵のジョシュアは、普段以上に水際立った美青年ぶりを発揮していた。

黒のジャケットにベスト、そしてタイ。仕立ての良い礼服がすらりとした長身を引き立て、丁寧に梳かし付けられた髪が艶を添える。

(……恋人の舞台を見に行くから、張り切ってお洒落をしたのかしら)

脳裏を過ぎった卑屈な考えを、プリシラはすぐに振り払った。

せっかくの私的な外出なのだ。どうせなら心から楽しみたい。

プリシラは彼の恰好を、自分の為の装いだと思い込むことにした。

「こんばんは、プリシラ様。すみません、無理を言って、ご一緒させて頂きました」

ジョシュアの弁明に、マレット公爵が眉を顰める。

「本当だ。せっかく親子水入らずで出かけられると思ったのに」

「そう邪険にしないで下さい。未来の息子ではありませんか」

「まだ違う」

ぽんぽん言い合ってはいるが、二人の間に流れる空気は穏やかなものだった。

父が本気で嫌がっているわけではないとプリシラにも分かり、胸を撫で下ろす。

「では、陛下だけがお留守番なのですね」

プリシラが微笑みながら尋ねると、ジョシュアは大げさに溜息をついてみせた。

「ぎりぎりまで自分も行きたいと駄々を捏ねられておられましたが、置いてきました」

「そうなの？」

「ええ。陛下が来るとなると私もゆっくり出来なくなりますし、何よりあなたの隣を取られてしまいますから」

ジョシュアは悪びれない態度で答える。

「取られるも何も、娘はまだルーク様の妻だからな」

公爵が呆れたように口を挟んだが、ジョシュアは頑として譲らなかった。

「離婚はすでに成立しています。今の彼女は、王妃ではあっても王の妻ではありません」

「細かいな……」

「大切なことです」

このまま二人を放っておいたら、いつ劇場にたどり着けるか分からない。

「どちらでもいいから、早く行きましょう。遅れてしまうわ」
プリシラは促し、二人の間に割って入った。
それから、どちらに手を預けるべきか思案する。
公爵は当然自分だという顔で、腕を差し出してきた。
ジョシュアもプリシラの隣を譲るつもりはないらしく、その場から動かない。
これも両手に花というのだろうか。
プリシラは何ともくすぐったい気持ちになった。
たまには、立派な紳士を両側に侍(はべ)らせるのもいいかもしれない。
プリシラは父の腕に右手をかけ、左手をジョシュアに差し出した。
彼は、本当にいいのか、と問いかけるようにこちらを見てくる。
「エスコートしてくれるのでしょう?」
プリシラが笑いかけると、ジョシュアの瞳はパッと輝いた。
「もちろんです」
そう言って、丁寧にプリシラの手を握る。
何とも嬉しそうな笑みを浮かべたジョシュアを見て、公爵は驚いたようだった。
「ここにいるのは、本当にあの宰相か……?」などと呟いている。
馬車の中でも、ジョシュアは一心にこちらを見つめてきた。

隣に父が座っているのに、と恥ずかしくなってくるほどだ。

「……そんなにじろじろ見られたら、穴が空いてしまうわ」

「それは困ります。せっかく美しく装って下さっているのに」

「今夜はやけに褒めてくれるのね」

「私はいつだって褒めたかった。あなたが許して下さらなかっただけです」

ジョシュアは本気で言っているようだが、プリシラに心当たりはない。

「そうだった？」

「ええ。こちらは心配で気が気じゃないのに、『公務は休まないから安心しろ』と言われたり、心から褒めているのに『お世辞がうまい』と言われたり。まともに受け取って貰えたことは一度もありません」

ジョシュアが挙げた台詞には、確かに覚えがある。

だがそれは、彼を疎ましく思ったからではない。

彼の言葉に舞い上がってしまう、みっともない自分を曝け出さない為だった。

「ごめんなさい。嫌な思いをさせたわね」

「いいえ。あなたの振る舞いは間違ってはいなかった。王妃として正しい選択でした」

ジョシュアは気にしていない様子だが、プリシラの心は晴れなかった。

自分のことに精一杯で、彼の気持ちを思い遣ってこなかったことに改めて気づかされたからだ。

　ジョシュアが捧げてくれる忠誠を、当然のように思っていた。

　彼の主はルークであって、プリシラではなかったのに。

「今まで本当にありがとう」

　心からの感謝を述べ、冗談めかして付け加える。

「世間知らずの小娘の世話は骨が折れたでしょう？」

　ルークの病状を周囲に知られないようにする為とはいえ、公務に穴を空けたり、突然自分の目に爪を突き立てたり。今思い返してみれば、随分な無茶をしてきた。

　ジョシュアは懐かしそうに目を細める。

「いいえ。聡明な王妃に尽くせることは、臣下にとって喜び以外の何物でもない。私もそうです。陛下から聞くあなたの話に、何度感じ入ったか分かりません」

「たとえば？」

　それまで黙っていたマレット公爵が、急に尋ねてくる。

　娘を褒める話なら何でも聞きたい、といわんばかりの態度に、プリシラは恥ずかしくなった。

「お父様ったら」

「いいえ、お気持ちは分かります。そうですね、たとえば鬘と髭の話とか――」

「そんな話までしていたの!?」

思わず大きな声が出てしまう。

あの時の行動に悔いはないが、片思いの相手に知られたい話ではない。

マレット公爵は不思議そうに首を傾げた。

「鬘と髭？」

「その話は、私の前ではしないで」

「分かりました、では閣下には後ほど教えることにします」

ジョシュアが笑みを含んだ声で答える。

「他には、何があるの？」

恐る恐る尋ねたプリシラを、ジョシュアは眩しそうに見つめた。

「沢山ありますよ。あなたが陛下の為に奮闘した話を聞く度、誇らしく思いました。素晴らしい女性を王妃として迎えることの出来た幸運を、心から嬉しく思いました。それだけじゃない。あなた一人に頑張らせてしまうのが辛かった。私も助けになりたいと、強く願ってきました」

彼はそこまで話すと、躊躇うように言葉を区切る。

ジョシュアの想いがまっすぐに流れ込んでくる。

プリシラを支えてきた理由は、義務や責任感だけではなかったと、彼は明言してくれたのだ。胸がいっぱいで、すぐには返事が出来ない。

「他にもありそうな言い方だな」

公爵の容赦ない指摘に、ジョシュアは苦笑を浮かべた。

「ええ。率直に言えば、私は陛下が羨ましくなりました。……これ以上は、ここでは自重します」

「娘の前でも自重して欲しいものだ」

公爵はきっぱり言ったが、ジョシュアへの心証は大きく変わったらしい。

馬車を降りると、プリシラのエスコート役をジョシュアに譲った。

「どうやら、邪魔しているのは私のようだ。支配人には別の席を用意して貰うことにする。帰りも貴公に任せるとしよう」

「お気遣い、感謝します」

「娘の席は、正面二階の特別席だ。カーテンは開けておくように。時々、確認するからそのつもりで」

王族や賓客の為に設えられたボックス席には、カーテンがついている。

観劇中以外はカーテンを引き、私的な空間で寛げるよう配慮されているのだが、父は二人きりにすることを心配しているらしい。

キスを知るまでのプリシラなら考えすぎだと笑っただろうが、今は何とも気恥ずかしい。

「心配しないで。私もラドクリフ様も、こんな人目のある場所で不名誉な噂を立てられる真似はしないわ」

プリシラが言うと、すかさずジョシュアが考え込む振りをする。

「それはどうでしょう。私には自信がありません」

「ラドクリフ様！」

真っ赤になったプリシラの頬に手を当て、ジョシュアは微笑んだ。

「冗談ですよ。ですが、油断はなさらないで下さい。今日のドレスはとても扇情的です。ショールはずっと羽織っていて」

扇情的、は言い過ぎだが、確かに夜会用のドレスは露出が多い。肩は全部出ているし、背中も大きく開いている。

プリシラはショールを前でかき合わせ、素直に頷いた。

「分かったわ」

ジョシュアはプリシラの頬に手を当てたまま、はぁ、と嘆息した。

「ラドクリフ様？」

「……時々ものすごく従順に振る舞われるのは、わざとですか？」

「わざと、ってどういう意味？　もっともだと思ったから、頷いただけよ」

「では、私が勝手に煽られただけですね」

ジョシュアの返事に、プリシラは啞然とした。

「これ以上聞いていたら、卒倒してしまう。私はこれで失礼します。どうかよい夜を」

公爵はプリシラにだけ微笑みかけると、やっていられないとばかりに立ち去った。

「では、私達も参りましょうか」

「そ、そうね」

のぼせた頰を扇で隠し、歩みを進める。

劇場内に入るが早いか、あちこちから好奇の視線が飛んでくる。

広がるどよめきの中から聞き取れたのは、ジョシュアの行動に眉を顰める声だった。

「え？　嘘でしょう？」

「愛人の出る劇に、王妃様を？」

「すごい心臓だな」

「あれくらいでなくちゃ、宰相なぞ務まらんのだろう」

ジョシュアの腕が、固く張り詰める。

「気にしないで。好きに言わせておきましょう」

プリシラは囁き、凛と頭を上げた。

悠然とした足取りで二階へ繫がる大階段へ向かう。

優雅なドレス捌きで歩むプリシラに、周囲は気圧され、自然と下がった。

不躾な視線は、冷ややかに見つめ返すことで撥ね退ける。

自分の為に開けられた道を、プリシラは女王のように歩んだ。

「……さすがです。皆、あなたに見惚れている」

ジョシュアが顔を寄せ、耳打ちしてくる。

二人の距離の近さに、周囲から羨望の溜息が漏れた。

「皆が見ているのは、あなたの方よ」

自分の容姿の良さを知らないとは言わせない。

プリシラが言い返すと、彼は軽く肩を竦めた。

「本当に自覚がないのですね」

「え?」

「どうか、そのままでいて下さい。私以外の誰の視線にも、気づかないで」

ジョシュアの声に熱が灯る。

女として見られることに慣れていないプリシラは、思わせぶりな言葉にとても弱い。

耳まで赤くなったプリシラを見て、ジョシュアは嬉しそうに破顔した。

二階にたどり着くと、中央のボックス席の前に立ったボーイが恭しく腰を折り、扉を開ける。プリシラはジョシュアに導かれ、久しぶりの空間へと足を踏み入れた。

開幕までのひとときを、二人はゆったりと過ごした。

もうじきシンシアが出てくるというのに、プリシラの心は意外なほど凪いでいた。

ジョシュアの注意が、ずっとこちらに向けられているせいだろう。

たとえ見に来たのが恋人の舞台だとしても、求婚相手であるプリシラを無下に扱うことはないと分かり、安堵した。

今宵のようにきちんと公私を分けてくれるのなら、もしかしたら上手くやっていけるかもしれない。

「公」がプリシラで、「私」がシンシア。ジョシュアのプライベートに目をつぶる代わりに、公の場ではこうして彼を独占出来る。それで、満足するべきだろう。

懇々と自分に言い聞かせ、改めてジョシュアを見上げる。

彼は寛ぐ為、少しタイを緩めようとしていた。

骨ばった指先が、男らしいラインを描く喉元にかかる。

俯き加減の横顔は相変わらず美しく、どれだけ眺めても飽きそうにない。

極上の男、という賛辞がこれほど似合う人もいないだろう。

その彼が、自分を妻として大切にすると言う。

キスもしてくれるし、きっとプリシラが望めば、子だって授けてくれる。

彼を誰かと分け合うのは今でも嫌で堪らないが、後から割り込んだのはプリシラなのだから、別れて欲しいと願うのは強欲過ぎる。

「また、何かよくないことを考えてる」

ジョシュアがちらりとこちらを見て、プリシラの目元に指を這わせた。

途端に階下から小さな悲鳴が漏れる。

父に言われた通り、カーテンは閉めていない。一階席に座る人々にとって自分達は、開幕までのいい見世物になるのだろう。今の悲鳴は、若い娘の声だった。

プリシラは集まる視線を無視し、ジョシュアだけを見つめた。

「考えてないわ」

「いいえ、嘘です。悲しいことがあっても、あなたは決して顔には出さない。でも私には、分かります」

「顔に出ていないのなら、分かるはずがないじゃない」

「分かりますよ。身に纏う空気が変わる。……今は、ちょっと良くなった」

それはきっと、宝物に触れるような手つきが嬉しいからだ。

ジョシュアには本当に、プリシラの心の動きが読み取れるのかもしれない。

深い関心を寄せて貰える喜びに、僅かな恐れが混じる。

それなら彼はいつか、プリシラが隠している醜い嫉妬にも、気づくだろう。

「気づいても、これからは言わないで。見抜かれたくないことだってあるわ」

プリシラが頼むと、ジョシュアは怪訝そうに首を傾げた。

「見抜かれたくないこと？　たとえば？」

「それは……」

思わず言いかけて、慌てて口を噤む。

「その手には乗らないわよ」

「残念、もう少しだったのに」

ジョシュアはわざと残念そうに溜息をついた。

昔を思わせる気兼ねないやり取りに、胸がきゅんと高鳴る。

いつもこんな風に話してくれたらいいのに。

そう思いながらじっと見つめていると、ジョシュアは大きな手でプリシラの目元を軽く覆った。

「え？　なに？」

「そんな目で見られたら、自制がききません。せっかく公爵が折れてくれたのに、こんなところであなたを襲ったら、振り出しに戻ってしまう」

「振り出しどころか、悪化するわね」

確信をもって答える。

ジョシュアは聞こえよがしな溜息をつき、手を下げた。

「そこまで分かっているのなら、自重して下さい。……せめてカーテンを閉められたらいいのですが。視線もさすがに鬱陶しくなってきました」

彼が疲れたように零す。

プリシラはもう慣れたが、そこは日頃の経験の差なのだろう。

「皆、本当に噂が好きよね。今夜のことだって、あっという間に広がるわよ。ゴシップ専門の新聞まであるって聞いたことがあるけれど、本当なの？」

プリシラの問いに、ジョシュアは頷いた。

「ええ。体面を気にして購読していなかった者も、次々に読み始めているようです。話題に取り残されるのが嫌なのでしょう。パーティでの席順にも影響があるようですから」

「……やけに詳しいところを見ると、あなたも読んでいるのね」

「クラブに置いてある時は、目を通すようにしています。別居を始めたばかりの男爵に、『奥様はお元気ですか？』と尋ねる愚行を避けられますから」

「それは確かに役に立つわね」

プリシラは声を立てて笑った後、悪戯心に任せて口を開いた。

「私がラドクリフ侯爵夫人になったら、購読してもいい？　私も社交界での失態を避けたいわ」

いつものように冗談で言い返してくると思ったのに、ジョシュアは綺麗な瞳を大きく見開き、それから小さく毒づく。

彼が毒づくところなんて、初めて見た。

そこまで不快な話題だったのかと慌ててしまう。

「ごめんなさい。そんなに嫌だなんて知らなくて——」

「違います！」

ジョシュアは強い声でプリシラの謝罪を遮った。

「あなたが悪いんじゃなくて……ああ、くそ、なんて言えばいいんだ」

「……ラドクリフ様？」

彼は乱暴な手つきで前髪をかきあげ、プリシラの方を見ないまま、呟いた。

「あんまり嬉しくて、ここがどこなのか忘れそうだったんです。お願いですから、手加減して下さい」

六つも年上の男性に「手加減してくれ」と懇願される日が来ようとは……。

プリシラは微笑まずにはいられなかった。

それからの二人は、マレット公爵から届けられたワインとチーズを摘まみながら、他愛もない日常の報告に話題を移した。

絡み合う視線も、弾む会話も、その全てが楽しくてならない。

夢のようなひとときを、心ゆくまで堪能する。

歌姫シンシアが舞台の上に姿を見せるまで、確かにプリシラは幸せだった。

シンシアは、ぼろぼろのワンピース姿で舞台に現れた。

煤(すす)で汚れているせいで、顔立ちがよく分からない。

棒切れのような足を引き摺って歩く彼女は、いかにも哀れな孤児といった風情で、本当にこれが噂の歌姫なのかと目を擦りたくなる。

だがそれも、シンシアが歌い始めるまでだった。

少女らしい瑞々しい歌声が、ホール全体に広がっていく。

決して大きな声ではないのに、プリシラのいる二階席にもしっかりと響いてくる。

喪った家族を恋しがる少女の歌は、聴く者の涙腺を強く刺激した。

プリシラも気づけば、目の前の手すりを握りしめて、舞台に見入っていた。

そこに立っているのは、歌姫シンシアではなく「孤児のレーナ」だった。

彼女の前に相手役のミハイル将軍が現れた時は、心底ホッとした。

レーナは衣装を変えて舞台に現れる度、美しく成長していく。

背も体型も変わっていないのに、確かに少女から年頃の娘へと変わっていったのだ。

レーナと共に時間旅行でもしているような不思議な心地に陥る。

孤児の彼女を保護し、家族同然に扱ってくれるミハイルへ、次第に恋心を募らせていく過程は丁寧に描かれていて、レーナに肩入れせずにはいられない。

ミハイルもレーナを愛しく思っているようなのに、決定的な言葉は言ってくれない。

両想いなのに、どうして……！　とプリシラはハンカチを強く握りしめた。

ミハイルが王命に膝を折り、王女を娶ると決めた時は、心の中で「この腰抜け！」と罵ってしまったくらい、物語に、いやレーナに感情移入してしまう。

プリシラが我に返ったのは、レーナがクライマックスのセレナーデを歌い始めてしばらく経った頃だ。

愛しい人へ、変わらぬ想いを切々と歌い上げるその曲は、最高の出来栄えだった。

旋律はもちろん、歌詞も美しく、レーナの艶のある声によく合っている。

豊かな声量で紡がれる天井の調べに、プリシラも初めはうっとりと聞き入った。

その細い身体のどこから出ているのかと疑わずにはいられないほど、彼女の歌声は圧倒的だった。

ところが途中で、プリシラは気づいてしまった。

レーナはミハイルの寝顔を愛しげに見つめながら歌っているが、顔を上げる時は必ずこちらに視線を寄越している。

最初は気のせいかと思ったが、途中で確信に変わる。

気づいた途端、彼女はジョシュアに向けてこの歌を歌っているのではないか、という疑惑がむくむくと湧いてきた。

一旦疑ってしまえば、もう止まらない。

身分違いの恋。お互いに想い合っているのに、男は王命で王女を娶る。

これではまるで——。

プリシラは全身から血の気が引く思いだった。

懸命に平静を装いながら、隣を窺う。

ジョシュアは、真剣な表情でシンシアの歌に聞き入っていた。

舞台上のシンシアとジョシュアの視線が絡むのを、確かにプリシラは見た。

「あなたが誰を愛しても、あなただけが私の旦那様」

そうレーナは歌っている。

ジョシュアに向かって。プリシラの夫になる人に向かって。

耐えがたい苦痛が、心臓を引き絞った。

上手く息が吸えず、呼吸が浅くなる。

気づけば、滂沱の涙が頬を伝っていた。

急いで取り出したハンカチで両目を覆ったが、堰を切って溢れた涙は止まりそうにない。

『被害者面が上手ね。恋人同士の間に後から割って入った癖に、勝手に傷つかないでよ、図々しい』

レーナに深く感情移入したままのもう一人の自分が、厳しくプリシラを責め立ててくる。

その通りだ。自分は奪われるのではなく、奪う側ではないか。

ジョシュアを深く想うシンシアから、最愛の人を奪う女――それがプリシラだ。

「……王妃様？　大丈夫ですか？」

ジョシュアが途中で気づき、背中をさすってくる。

温かく大きな手をショール越しに感じた瞬間、プリシラは悟った。

結婚は出来ない。

これほど狂おしい恋情と嫉妬、そして罪悪感に焼かれながら、ジョシュアの傍にいることは出来ない。

出来ると思った自分が、愚かだった。

何も分かっていなかった。自分のことしか考えていなかった。

愛し合う二人を引き裂いておきながら、平然とした顔で正妻の座に収まることなど、プリシラに出来るはずがない。

もし自分がシンシアだったら、決してプリシラを許さない。

そしてプリシラも、きっとシンシアを恨み続ける。あなたさえいなければ、と。

声は出なかった。必死に首を振って、構うな、と伝える。

「……誰を想って、そんなに泣くのですか」

ぽつりとジョシュアが呟く。

あなた以外の誰かなら、きっとこれほど苦しくはなかった。

プリシラは心の中で答え、唇を歪めた。


最後の幕が下り、惜しみない拍手がホール全体に響き渡る。

レーナとミハイルがどうなったか、プリシラに見届ける余裕はなかった。

礼儀としての拍手を送った後、ジョシュアに頼む。

「ごめんなさい、化粧を直したいから外で待っていてくれる?」

彼がどんな顔で頷いたのかは分からない。プリシラに顔を上げる勇気はなかった。

「では、すぐ外でお待ちしています。……この後、少しお時間を頂いても?　お話ししたいことがあるのです」

ジョシュアの声はひたむきだった。

シンシアが切々と歌い上げたセレナーデに、彼の心も動いたのだろう。

『あなたとの結婚は、シンシアをこれからも傍におく為のもの。これからも彼女を愛し続けることを、どうか許して下さい』

ジョシュアが言いそうな台詞を先に思い浮かべ、これから受ける決定的な衝撃を和らげようと試みる。だが仮定の台詞にさえ、プリシラの心はざっくりと傷ついた。

それでも、ジョシュアとの対話は避けられない。

プリシラにも伝えなければならないことがあった。

「南の宮に戻ってからでいい？　私からも話があるの」

「話……？」

ジョシュアが不審そうに問い返してくる。

「なんの話ですか？」

「ここでは言いたくない。帰ってからにして」

かたくなに俯いたままのプリシラに焦れたのか、ジョシュアが手を伸ばしてくる。

頰に触れられそうになった瞬間、プリシラはとっさにその手を払い除けた。

「……王妃様、私を見て下さい」

「王妃様？」

ジョシュアの声のトーンが変わる。

驚愕と戸惑いが滲んだその声に、プリシラはハッとした。

傷つけたいわけではないのに、感情が制御出来ない。

「ごめんなさい。でも、泣きすぎてみっともない顔になっているのよ？　無理やり見ようとするのはマナー違反だわ」

気力を振り絞り、明るい声を出す。

これ以上のやり取りは無駄だと察したのか、ジョシュアはようやく外に出た。

ボックス席の後部に下がり、階下に背を向けてポーチから白粉を取り出す。

手鏡に映った目元は、赤く腫れていた。

何とか見られるようになるまで化粧を直し、扉を押す。

外にいるジョシュアが、待ち構えたように扉を開き、プリシラに手を差し伸べた。

一瞬迷った後で、大人しく右手を委ねる。

ジョシュアは安堵の息を吐き、まるで本当にプリシラがここにいるか確認するように、手を握り直してきた。

彼の振る舞いは、行きと同じく完璧だった。

プリシラしか目に入らないと言わんばかりの態度で正面玄関までエスコートし、恭しい物腰で馬車に乗せる。

行きと違うのは、プリシラの心が僅かにも動かないこと。

プリシラの変化に、ジョシュアも気づいているのだろう。

普段はそう口数の多い方ではない彼が、懸命に話しかけてくる。

プリシラは礼儀正しく相槌を打ったが、それだけだった。

馬車に乗り込んだ後も、ジョシュアは何とか会話を弾ませようと話しかけてきた。

「素晴らしい舞台でしたね。王妃様が来ると知って、皆張り切ったのでしょう」

「そうね、本当に良かったわ」

「お父上も楽しめたならいいのですが。閣下は日頃からよく観劇に行かれるのですか？」

「どうかしら。父と公務以外の話をすることは滅多にないの」

「そうなんですね。……そうだ、王妃様はどの場面が一番気に入りましたか？　やはりあのセレナーデでしょうか。とても感動しておられましたね」

あくまで自然な口調で、ジョシュアが尋ねてくる。

じくじくと痛む傷を抉る無神経な問いに、プリシラの忍耐は限界を迎えた。

話は、南の宮へ帰った後で。そう思っていたが、これ以上共にいる時間を引き延ばす必要があるだろうか。

肝心な問題から目を逸らし、白々しい会話を重ねる度、心が冷たく凍っていく。

己の感情が息絶える前に、全てのケリをつけたくなった。

「いいえ。私が気に入ったのは、あの場面までの全部よ」

プリシラは挑むようにジョシュアを見据えた。

ようやく視線がぶつかる。プリシラの前に座ったジョシュアは、わけが分からないというように瞳を瞬かせた。

「あの場面まで……？」

「ええ。あの歌が始まるまで、私が見ていたのは『レーナ』だった。素晴らしい演技に引き込まれたわ。でも、彼女はあの歌を、『シンシア』として歌っていた。あれで我に返ってしまって、最後はよく覚えていないの」

「……仰っている意味がよく分かりません」

ジョシュアは本気で困惑しているようだった。

眉を顰め、首を傾げる。

「彼女が役になり切れていなかった、ということですか？　私には、そうは思えませんでしたが」

「そう？　あんなにこちらばかり見てきたのに？　歌いながら、あなたを意味深に見つめていたわ。それともあの視線は、私の勘違いかしら」

ジョシュアはようやく思い当たったように、あ、と小さく零す。

しまった、と言わんばかりのその顔に、プリシラの胸は鋭く痛んだ。

「待って下さい。確かにこちらを見ていましたが、あれはシンシアの――」

彼の口から発せられた『シンシア』という響きに、心が音を立ててひび割れる。

プリシラのことは決して名前で呼ばないのに、彼女の名は容易く口にするのか。

これ以上は無理だ。最後まで聞いてしまえば、平静を保てない。

みっともなく泣き喚く姿など、誰にも見せたくない。

「言い訳はいらないわ。済んだことだし、私の個人的な感想だもの」

プリシラは冷たい口調で遮る。

「王妃様、どうか聞いて下さい。シンシアがこちらを見ていた理由は、あなたが思っているようなものではありません」

ジョシュアの必死な様子に、ますます心が捻じれる。

彼はシンシアへ咎が及ぶのではないかと恐れているのだ。

プリシラが公私を混同するとでも思っているのだろうか。それなら、随分と馬鹿にされたものだ。

カッとなったプリシラは、吐き捨てるように言った。

「言い訳は結構よ。あなたとは結婚できない。私の話は、それだけ。明日、陛下と父にも話すわ」

ジョシュアの表情が驚愕に染まっていく。

やがてそれが怒りに似た何かに変わっていくのを、プリシラは為す術もなく見つめた。

賽（さい）を振ったのは自分だ。それがどんな結果をもたらそうと、後には引けない。

ジョシュアはしばらく黙り込んだ後、静かな声で言った。

「約束を破るのですか？　あれほど証を重ねたのに、意味はなかったと？」

彼と交わした情熱的なキス、そして温かなキスを思い出し、たまらなくなる。

覚悟を決めたはずの心がぐらぐらと揺さぶられた。

「……それは申し訳ないと思っているわ。でも、もう無理なの」

「何故、突然無理だと？」

彼は容赦なく追及してくる。

「王妃様は、私と彼女が見つめ合っていたと思っているのでしょう？　シンシアが私への想いを歌っているとでも思いましたか？」

エメラルドの瞳は、獰猛な光を宿している。

薄闇の中に浮かぶ彼は、美しい獣のようだった。

「やめて、聞きたくない！」

プリシラは耳を塞ごうとしたが、それより早くジョシュアに両手首を摑まれてしまう。

彼はプリシラの両手を戒めたまま、眼差しを強めた。

「見つめ合う私達を見て、どう思いましたか？」

プリシラは顔を背けようとしたが、無理やり引き戻され、ジョシュアの方を向かされる。

手加減のない追及が怖くなる。

ジョシュアと再び目が合い、プリシラは愕然とした。

苦しげな表情は、彼が深く傷ついていることを伝えてきた。

（でも、どうして……？　どうして、あなたがそんな顔をするの？　どうしてそこまで、私にこだわるの？）

すっかり訳が分からなくなる。

シンシアとの関係を続ける為の結婚相手なら、他でも探せるはずだ。

混乱するプリシラをよそに、ジョシュアがあざ笑うように口角を上げる。

彼が笑っているのは、プリシラではなく彼自身なのだと、今のプリシラには分かった。

「……どうせなら、最後まで言えばいい。私が汚らわしいから、結婚は出来ないと」

「違うわ！」

咄嗟に言い返す。

ジョシュアを汚らわしいと思ったことは、一度もない。

結婚出来ない理由は、彼への想いが消えたからでは決してない。

むしろ、真逆だ。プリシラはジョシュアを愛し過ぎてしまった。

どろどろした醜い感情で全てを台無しにしそうなほど、愛してしまったのだ。

「汚いのは、あなたじゃない……」

思わず本音を吐露したプリシラを見ても、ジョシュアは冷笑を崩さなかった。

「どう違うのです？　芝居が始まるまで、あなたは私との未来を語っていた。ところが今は、結婚は出来ないという。原因はシンシアでしょう？　実際に彼女を見て、私達の噂を改めて思い出し、気持ちが悪くなった。私がこれまで何度も伝えてきた想いは全部なかったことにして、あなたは噂を信じることを選んだ。そうでしょう？」

畳みかけるような彼の言葉に、頭がついていかない。

何かが決定的に掛け違っている気がするのに、悩み疲れた心は理解を拒んだ。

辛うじて耳に残ったのは『これまで何度も伝えてきた想い』という部分だけだった。

好きだと一度でも言われただろうか？

愛していると、一度でも？

必死で思い返しても、何も浮かばない。

「……あなたが何を伝えてきたというの」

プリシラは非常に傲慢な言葉を、それと知らずに選んだ。

想いを伝える手段は直接的な言葉だけではないと、そんな当たり前のことすら思い出せなかった。心の中はぐちゃぐちゃに乱れ、分かるのは「もうこれ以上苦しみたくない」という思いだけだった。

「――ああ、そうか」

ジョシュアは、やっと理解した、というように身体の力を抜く。

「あなたには伝わらなかったんだな。私がどれほどあなたを求めているか、あなたにはまるで伝わっていなかった」

平素の敬語が完全に抜けている。

ジョシュアは一人納得したように言うと、それからは一切口を開かなかった。

重苦しい沈黙に満ちた馬車が、ようやく南の宮へ到着する。

入り口で別れるものだと思っていたプリシラは、当たり前のように宮殿の中までついてくるジョシュアに戸惑った。

「話すことはもうないはずよ」

「あなたには、ね。私には残っている」

ジョシュアは平然と返し、プリシラの手を引いた。迷いのない足取りで、勝手知ったる建物の中を進んでいく。

主人の帰宅を知って出てきた使用人達が、心配そうな様子でこちらを窺っている。

安易に声を掛けることを許さない雰囲気が、今のジョシュアにはあった。

プリシラは笑みを拵え頷いてみせるが、皆はどうしたものかと動きあぐねている。

プリシラは侍女頭を見つけ、「騒ぎにしないで」と声は出さずに唇だけで伝えた。

彼女が心得たように頷き、使用人達をそれぞれの持ち場に戻し始めるのを見て、ホッと胸を撫で下ろす。

ここで騒ぎを起こせば、ジョシュア一人が悪者になる。それは嫌だった。

彼の輝かしい経歴と将来に傷をつけるような真似は、絶対にしたくない。

居間に入り扉を閉めると、ようやくジョシュアがプリシラの手を離した。

気づかぬうちに詰めていた息を吐き、体勢を整え直す。

どうやら自分達の間には、決定的な行き違いがあるようだ。先ほどのジョシュアの告白を信じるのなら、彼はプリシラを心から求めていることになる。

もしかしたら、シンシアとはすでに別れているのかもしれない。

あのセレナーデは、別れを惜しむ歌だったのかもしれない。

判断するには、あまりにも情報が少ない。

ここにきてようやく冷静さを取り戻したプリシラは、ジョシュアにソファーを勧めた。

「座って。飲み物を貰ってくるわ」

「今はいらない。こっちへ来て、プリシラ」

ジョシュアは真摯な眼差しでまっすぐにこちらを射抜き、手を差し伸べてくる。

プリシラ、と確かに彼は呼び捨てにした。信じられない気持ちで見つめ返す。

ジョシュアは視線を逸らすことなく、口を開いた。

「あなたが王妃でなくなるまでは、待とうと思った。半年くらい待てると思ったし、それがあなたへの誠意だと思った。想いを言葉に変えてしまえば、止まれなくなる。証だなんて誤魔化しじゃ、満足できなくなる。……ああ、それだけじゃないな。はっきり伝えて、あなたとの温度差を思い知らされるのも怖かった」

己の心を改めて見つめ直すような話し方だった。

嘘のない深い声が、こちらの心にも沁み込んでくる。

プリシラはジョシュアから目を離せなくなった。

差し伸べられた手に引き寄せられるように、足が動く。

一歩、そしてまた一歩と近づいていくプリシラに、ジョシュアは瞳を和ませた。

「馬車の中であなたは、違う、と言ったね。私を嫌悪したわけじゃないと。それが本当なら、何故急に結婚出来ないと言ったの？　あなたの本音を教えて」

「言ったら、嫌われるわ」

素直な想いが口から零れる。

ジョシュアは、ふ、と微笑み、ゆっくり首を振った。

「私が君を嫌うことなど、万に一つもないよ、リラ」

十年近く封印されてきた愛称が、プリシラの耳を打つ。

あの頃よりもっと優しく甘く希う口調で、リラ、と彼は呼んだ。

大粒の涙がぽたぽたと零れ落ちてくる。

「……シンシアとあなたが見つめ合っているのを見て、胸が破れるかと思うほど痛かった。その前からずっと彼女に嫉妬していたの。でもあの時、分かってしまった。悪いのはシンシアじゃない。私があなた達の仲に、後から割って入ったんだ、って」

プリシラは足を止め、両手で顔を覆った。

「堪らなかった。あのお芝居に出てくる王女が、自分に見えた。愛し合う二人を引き裂く、

嫌な女に……」

最後まで話すことは出来なかった。

気づけば力強い腕に引き寄せられ、きつく抱き締められている。

感極まったようにジョシュアが囁く。

「ああ、リラ。そんな馬鹿げた理由で泣いていたの？　それで結婚出来ないって？　あなたは本当に馬鹿だ……！」

「二回も言ったわね」

しゃくりあげながら、咎める。

ジョシュアはプリシラのつむじにキスを落とし、「言ったね」と認めた。

「だけどあなたより馬鹿なのは、私だ。どれだけ拒まれても、話しておけばよかった。あなたの強がりを見抜けなかったなんて、本当に愚か過ぎる。……シンシアとは、誓って何もないよ。噂を否定しなかったのは、あなたを想い続ける為に都合がよかったからだ」

思ってもみない告白に、頭が真っ白になる。

プリシラは呆然と瞳を瞬かせた後、回された腕をほどき、ジョシュアの胸に両手をついた。

彼との間に隙間を作り、顔を見上げる。

ジョシュアの表情は、これ以上ないほど緩み切っていた。

幸せでたまらない、と言わんばかりのその顔に、プリシラも己の過ちを悟った。

「じゃあ、シンシアがこちらを見ていたのって……」

「今夜、あなたと一緒に見に行くことを伝えてあったからだと思う。今夜彼女が歌ったセレナーデは、私の心情にヒントを得て作った歌らしい。歌いながら私を見たのは、代わりに歌ってやるから有難く聞け、くらいのつもりだったんだろう」

プリシラは、まじまじとジョシュアを見つめる。

シンシアは歌まで作れるのか、という驚きもさることながら、例のセレナーデがジョシュアの心情を歌ったものだという事実が上手く呑み込めない。

「あれは、あなたの歌なの？　どの辺が？」

ジョシュアは苦笑し、こつん、と額をぶつけてきた。

「そこまで私に言わせるのか？　本当は分かっているんじゃなくて？」

「……身分違いの恋、というところ？　でも私とあなたの立場は、そう違わないわ」

公爵令嬢のプリシラと、宰相であるラドクリフ侯爵。身分だけなら釣り合っている。

腑に落ちない顔のプリシラに、ジョシュアは笑みを零した。

「身分違いどころか、許されない恋だった。王妃とただの臣下だった頃から、私はあなたを想っていたからね。……『あなたが誰を愛しても、あなただけが私の唯一の人』。劇中では『旦那様』になっていたけど、あれは私の君への想いだ。シンシアのものじゃない」

彼はきっぱり言い切り、まっすぐこちらを射抜いてくる。

強い眼差しに、プリシラの胸はじんと痺れた。

そうか。そうだったのか。

彼が宰相職についた挨拶に来た時のやり取りが、ふと脳裏に浮かぶ。

――「あと、二年ですね」

あれは嫌味などではなく、プリシラが王妃でなくなる日を待っている、という彼なりの意思表明だったのだ。

真実をようやく摑んだプリシラは、激しい幸福感に襲われた。

プリシラがルークを愛したとしても、ジョシュアの気持ちは決して変わらない。

今宵観客を酔わせたあの歌は、彼の一途な想いを歌い上げた愛の歌（セレナーデ）だった。

ジョシュアが真剣に聞き入っていた理由が分かり、自分の勘違いが恥ずかしくなる。

「……ごめんなさい。私……私、全然気づかなくて」

「あなたのせいじゃない。私が悪かったんだ。陛下にも散々助言して貰ったのに、君と過ごせる日々に浮かれて、地に足がついていなかった」

「陛下が助言を？」

「ああ。でも今はその話はしたくない」

ジョシュアが顔を顰める。

「どうして？」

「あなたの元夫の話を楽しく出来るほど、余裕がなくてね」

ジョシュアは冗談めかして答えたが、彼の瞳を過ぎった影をプリシラは見逃さなかった。

どうやら彼は、本気でルークに嫉妬しているらしい。

（でも、陛下のどこに？）

心の中に大きな疑問符が湧く。

思案するプリシラを見て、ジョシュアは真剣な顔になった。

「他に気になることはない？　もうさっきみたいにすれ違いたくない。散々舞い上がった後で、君に拒絶されるのは耐えられない」

苦しげな声に、胸が痛くなる。

プリシラと同じだけ、いやそれ以上にジョシュアは傷ついたのだとよく分かる表情だった。一度は結婚を承諾してくれた想い人に「やはり結婚は出来ない」と断られれば、誰だって深く傷つく。

己の軽率な言動を思い起こし、プリシラは激しい後悔に襲われた。

「ごめんなさい、ラドクリフ様。本当に――」

懸命に謝罪しようとする唇に、優しい感触が落ちる。

ジョシュアにキスされたのだと気づき、また泣きたくなった。

「もう謝らないで。あと、名前」

「え？」

「私も、名前で呼んで欲しい」

熱っぽい瞳で懇願される。

プリシラは、おずおずと彼の名前を口にした。

「ジョシュア様」

「様はいらないって、昔も言ったのに」

ジョシュアは嬉しそうに微笑みながら、また口づけてくる。

「……っ、すぐには無理だわ」

「じゃあ、今練習して。ちゃんと聞いてるから」

「ジョシュア……様」

「はい、だめ。上手く言えるまで、止めないよ？」

プリシラは異性を呼び捨てにしたことがない。慣れないせいか、どうにも気恥ずかしい。

様をつけてしまう度に、ちゅ、と音を立てて口づけられる。

こんな罰なら、何度受けても構わない。親密で特別な感じがする。

「ジョシュア」

甘い戯れの後、ようやく呼び捨てに出来るようになる。

プリシラは安堵の息を吐き、彼の胸に頬を寄せた。

「うん。……やっとあなたに呼んでもらえた。すごく嬉しい」

ジョシュアはぎゅ、と腕に力を込め、プリシラを抱き締めてくる。

普段の冷徹な面影はどこにもない。

初恋を叶えて歓喜する姿は、無邪気な少年のようだった。

彼の前では虚勢を張る必要はないのだと、不意に気づく。

ありのままの自分を見せても、きっとジョシュアは喜んで受け入れてくれる。

今のプリシラが、彼の可愛らしい一面を見てもただ嬉しいのと同じように。

ジョシュアの力強い腕に身を預け、プリシラは呟いた。

「幸せ過ぎて、本当のことじゃないみたい。……ホッとしたら頭がぼんやりしてきたわ。少し休んでもいい？」

ソファーで座って、という意味で言ったのだが、ジョシュアの瞳は熱を帯びた。

「もちろん。泣きすぎて疲れたんだよ。続きは、寝室へ行って話そう」

「……寝室に？」

信じられない思いで問い返す。

ジョシュアは微笑み、一旦プリシラを離した。

隣に並び直し、今度は腰を引き寄せてくる。

「言っただろう？　想いを言葉に変えてしまえば、止まれなくなるって。私はもう遠慮しないし、待たない」

「で、でも……」

「大丈夫。無理強いはしないから、安心して」

甘く囁かれ、つむじに優しくキスされる。

プリシラはホッとした。寝台で横になって話すだけなら、さほど騒ぐことではない気がする。

ジョシュアの手に導かれ、寝室へ入る。

夜会服のまま寝台に腰掛けることには抵抗があったが、彼の前で着替えるわけにもいかず、ショールだけを外した。

ジョシュアも寛ぐつもりらしく、上着のボタンを片手で外し始める。

ただそれだけの仕草が、やけに色っぽい。

プリシラはサッと目を逸らし、枕カバーの柄を鑑賞することにした。

しゅるり、と衣擦れの音がし、やがてすぐ隣にジョシュアが座ってくる。

そっと視線を戻したプリシラは、見るんじゃなかった、と後悔した。

緩められた襟元から覗く鎖骨といい、軽く捲りあげた袖のせいであらわになった腕といい、男の色香に溢れ過ぎている。

これではドキドキし過ぎて、心臓が休まらない。

「タイもカフスリンクも外してしまったの？」

思わず咎めるような口調になってしまう。

「いけなかった？」

ジョシュアが悪戯っぽくこちらを見てくる。

「そういうわけじゃないけど……」

「プリシラも外そうか。とても似合っているけど、つけたままじゃ寛げないだろう？」

ジョシュアはそういうと、「後ろを向いて」と囁いた。

抗えない魅力を備えた低音が、危険な戯れに誘ってくる。

断る方が『王妃らしい』と分かっていても、プリシラには出来なかった。

長すぎる初恋が叶ったこと、そして愛する人に求められたことへの喜びが心を満たし、理性を追い出してしまう。

言われるがまま背を向けた。

ジョシュアの指がうなじにかかり、ネックレスの留め具を外す。

「これも邪魔だな」

彼は言うと耳に触れ、優しくイヤリングを取り去った。

「……うん、これでいい。あとはブレスレットか。私にもたれて、リラ」

プリシラはふわふわとした気持ちで、背中を倒した。

いつの間にか寝台の上にあぐらをかいた彼に、すっぽりと包み込まれる。

ジョシュアはプリシラの手首を持ち上げ、内側にキスを落としながら、丁寧な手つきでブレスレットを外した。

「昔も思ったけれど、器用なのね。留め具はすごく小さいのに」

「不器用な方ではないかな。リラは？」

「私はものによるわ。刺繍は得意だけど、ビーズは上手く扱えないし、アクセサリーの留め具も苦手よ」

「意外だな」

ジョシュアの声が笑みを含んでいることに気づき、プリシラは首を捻って後ろを見上げた。予想通り、彼は嬉しそうに微笑んでいる。

「私が不器用だと、嬉しいの？」

「違うよ。新しく知ることが出来て嬉しいんだ。他には？　もっと知りたい」

「すぐには思いつけないわ」

プリシラは答え、ジョシュアを見つめる。

「これから、あなたが自分で見つけていって。時間は沢山あるんですもの」

「……沢山？」

「ええ、そうよ。だって、あなたは国王陛下じゃない。私達は、最期まで一緒にいられるでしょう?」

子が出来なければ離縁になる、という法をあてこすったつもりだったが、ジョシュアは感極まったように唇を引き結んだ。

「……っ」

無言のまま、プリシラの肩に頭を押しつけてくる。

「もしかして、泣きそうなの?」

プリシラの率直な問いに、ジョシュアは嘆息した。

「……ああ、全く手加減してくれない誰かさんのせいでね。今度こそハンカチを借りる羽目になりそうだ」

「絶対に貸してあげない」

プリシラは即答した。

ジョシュアが驚いたように顔を上げる。

プリシラは背筋を伸ばし、端麗な目元に口づけた。彼の眦は、少し湿っていた。

彼の頬がみるみるうちに赤くなるのを見て、プリシラは嬉しくなった。

易々とこちらを翻弄(ほんろう)してくる彼に、一矢報いた気持ちになる。

「だって私がいるのよ? あなたが泣いたら、私がこうして拭ってあげる。ハンカチなんかいらないわ」

「……あなたは、本当に……っ」

ジョシュアは呻くと、プリシラを寝台に押し倒した。

仰向けになったプリシラの顔の両側に手をつき、覆いかぶさってくる。

「ごめん、もう限界だ」

彼はそう告げると、プリシラに深く口づけてきた。

「ん……っ」

すぐに舌が入ってくる。彼の中で暴れまわる衝動がそのまま伝わってくるような激しいキスだった。

舌を絡め、何度も吸い上げる。かと思うと、ねっとりと上顎を嬲り、舌先を擦り合わせる。

口づけではなく、何か別のものを思わせる淫靡な動きに、プリシラは翻弄された。

「ふぁ……っ……んっ」

「好きだ、プリシラ……あなただけが、どうしようもなく、好きなんだ」

口づけの合間にジョシュアは囁いてくる。

これまで抑えてきた想い全てを吐露するように、何度も。

懸命に呼吸しながら、胸が痛くなるようなキスと告白を受け入れた。

ジョシュアはようやく気が済んだのか、次はプリシラの快感を引き出すキスへと変えてくる。

こちらの反応を確認しながら、嬲る場所や強弱を変える。

ぼんやりしていく意識とは裏腹に、全身が過敏になっていくのが分かる。

身動きに合わせて肌を掠めるドレスさえ、もどかしい疼きを生んだ。

胸の先はすっかり硬くなっているし、下着もおそらく濡れている。

ジョシュアは深く口づけながら首筋を撫でたり、耳の縁を指先で引っかいたりはするが、それだけだ。まだ、他のどこにも触れていない。

それなのに、これほど乱れてしまう自分は少しおかしいのかもしれない。

下腹部の疼きに耐えきれず、太腿を擦り合わせる。

ジョシュアはプリシラの動きに気づくと、絡めていた舌をゆっくり解いた。

離れていく唇は、艶めかしく濡れている。

「……気持ちいい？　リラ。私が、欲しくなった？」

掠れた声は、ひどく扇情的だった。

本能的な欲望がプリシラの心に芽吹く。

もっと、もっと沢山欲しい。これだけじゃ、足りない。

愛する人と深く繋がりたい。隙間などどこにもないほど、深く。

性的な経験は一度もないが、夫婦の閨で何が行われるかくらいは知っている。

今、止めなければきっと引き返せない。

頭では分かっているのに、どうしてもそうしたくない。

プリシラは頬を上気させ、こくん、と頷いた。

ジョシュアは堪えきれないように零すと、再び口づけてくる。

「可愛い……本当に可愛い。頭がおかしくなりそうだ」

今度は自分から唇を開き、熱い舌を受け入れた。

拙い動きで、懸命に愛撫に応える。

ジョシュアはプリシラの唇を貪りながら、耳から、うなじ、そして鎖骨へと手を滑らせていった。

夜会用のドレスはとろりとした薄い生地で仕立てられている為、コルセットをつけられない。彼の手を阻むものは何もなかった。

薄い布越しに、乳房を包まれる。

大きな手の感触がそのまま伝わってきて、プリシラは小さく息を呑んだ。

彼は親指を這わせ、ツンと尖った頂を優しく撫でた。

触れられた部分から、もどかしい快感がさざ波のように広がっていく。

幾度も撫でられるうちに、我慢できなくなった。

「ひゃ……ぁ……っ」

子猫を思わせる声が勝手に喉から漏れる。

ジョシュアは宥めるように口づけながら、今度は頂を指で軽く摘まんできた。

びくん、と勝手に腰が跳ねる。

「ん……っ、やぁっ……」

「もう、だめ？　止めて欲しい？」

ジョシュアが指の動きを止めずに囁いてくる。

くにくにとやわく捏ね回したり、圧し潰したり。

乳首を弄られる度、プリシラは喘いでしまう。

「だ、め……っ、……こんなの、変になっ、ちゃ……っ」

「なって、もっと。私の手でおかしくなって」

ジョシュアは吐息混じりに言うと、ドレスの肩紐をするりと落とす。

いつでも止められるようにする為か、それともプリシラの反応を楽しむ為か、彼の手の動きはひどく緩慢だった。

シーツを摑み、羞恥に耐える。

あらわになった双丘に、ジョシュアは改めて指を這わせた。

遮るものが何もない状態で、直接触れられる。

それだけでも堪らないのに、更にジョシュアは口を開け、胸の先端を咥えてきた。

「ひゃぁん……っ」

全身を反らせたプリシラを抱え込み、尖った乳首を口の中で転がす。

「あんっ、……っ、はぁ……んっ」

厭らしい声が勝手に漏れて、止まらない。

プリシラは瞳を潤ませ、は、は、と息を弾ませながら、必死に両手を持ち上げ口元を押さえた。

だがその両手は、すぐにジョシュアに外され、シーツに縫い留められてしまう。

「ダメだよ、リラ。そんな風にしたら、君の顔が見えない」

「やぁっ……でも、こえ、が……」

「恥ずかしがらないで、聞かせて。私の手で感じてるんだって、ちゃんと教えて」

ジョシュアの甘い囁きに、羞恥がとろりと溶けていく。

プリシラが力を抜くとジョシュアは手を離し、優しく頬に口づけてから愛撫を再開した。

片手で頂を弄りながら、もう片方の手で腰にたまったドレスを更に下へと押しやっていく。

とうとう、プリシラの身体を覆う布は下着だけになった。

その下着にも、ジョシュアの手が潜り込む。

とっさに太腿を固く閉じたが、彼の長い指は悠々と媚肉の割れ目に辿りつく。そこはすでにしっとりと湿っていた。

「よかった、濡れてる……」

ジョシュアは嬉しそうに呟くと、潤んだ媚肉をねっとりと撫で上げ始めた。

ぷくりと腫れた陰核には直接触れず、溢れてくる愛液を掬い上げ、円を描くように塗り込める。

「んっ、……はぁっ、っ」

未知の快感に腰が揺れる。

生理的な涙が滲み、熱い息が漏れた。

「気持ちいいんだね。とろとろに溶けた顔、すごく可愛い」

「やぁっ、みないで……っ、ぁんっ」

「それは無理だ。ほら、私もとても興奮してる」

ジョシュアは言うと、プリシラの太腿に腰を押し付けてきた。

まるでねだるように擦りつけられる固い塊に、胎の奥がきゅんと疼く。

誰とも交わることのないまま成熟した身体が、渇望に震えるのが分かった。

衝動的にジョシュアの首に手を回し、自分から口づける。

彼はすぐに唇を開き、プリシラの舌を絡めとった。

キスの間も、悪戯な指は動きを止めない。

敏感な芽をくすぐられたり、陰唇を撫でられているうちはよかった。

だがやがて、つぷり、と指先が蜜口に入り込んできた。その固い感触に、プリシラはハッと我に返った。

膣内はとても狭く、男性の指が入れるとは思えない。

結婚式の夜、ジョシュアが己の指を切って血を滴らせたことを思い出し、ぞくりと震える。

シーツを汚した血痕は、破瓜の証を真似たものだった。本当なら、プリシラの身体から出るはずだったということだ。初めては痛むが次からはマシになると言ったのは、誰だったのだろう。それほど痛いのか、と眉を顰めたことだけが記憶に残っている。

「ど、どこまでするの?」

恐る恐る尋ねてみる。

「最後までしたいけど、それはさすがにまずいだろう? とりあえず、指でいかせてあげる。その後、舌でも。リラが乱れるとこ、いっぱい見たい」

囁くジョシュアから壮絶な色香が立ち昇る。

ここにいるのがプリシラでなければ、易々と流されてしまっただろう。

だが、そうはならなかった。

まず、指でいかせる、の意味が分からない。舌で、とは？

最後まではしないのなら、中には入れないで欲しい。

どう伝えようか迷っているうちに、指が深く沈み込んでくる。

「……っ、ま、まって……」

プリシラの焦った声に、ジョシュアは驚いたようだった。

指を抜き、瞳を覗き込んでくる。

「どうしたの？　リラ。ここは嫌だった？」

「……だって、入らないわ」

どう説明していいか分からず、思ったままを口にする。

「こんなに濡れてるのに？」

ジョシュアはふ、と微笑み、愛液で光る指先をわざと口に含んで見せた。

「っ……！　そんなこと、しないで！」

真っ赤になって抗議する。

「どうして？　君の味を知りたいと思うのは、おかしいことじゃないよね？　……とっても甘いよ。もっと欲しくなる」

彼は悪びれた様子もなく、名残惜しそうに指を舐めた。

これまで体験したことのない卑猥な言動に、頭がくらくらしてくる。

決して嫌なわけではないのだが、刺激が強すぎるのだ。

すぐには言葉が出てこないプリシラの頬に、ジョシュアは優しく口づけた。

「心配しないで。いくら飢えてるからって、いきなり激しくしたりしないから。中も狭くなってるみたいだし、ゆっくり解すね」

そう言って、今度はプリシラの下着に手をかけ、器用に脱がせてしまう。

何とも心元ない感覚に、プリシラは泣きそうになった。

「ちがっ、お願い、まって……！」

押しとどめる声に怯えが混じる。

ジョシュアはようやく何かおかしいと気づいたらしい。

愛撫を止め、プリシラをまっすぐに見つめてくる。

「私に触れられるのが嫌なわけじゃないよね。中が嫌？」

「嫌、なのかしら。分からない。ただ、そこは怖いの」

プリシラは懸命に訴えた。

「怖い……？」

ジョシュアの表情がみるみるうちに強張っていく。

エメラルドの瞳に怒りが過ぎるのを見て、わけが分からなくなった。

「どうしてそんな顔するの？　私が途中で止めてしまったから？」

「違うよ、そんなわけない」

彼はきっぱり否定し、戸惑うプリシラをそっと抱き締めてきた。

「ごめんね、リラ。こんなこと死ぬほど聞きたくないけど、聞いていい？」

「いいわ」

「……閨で酷くされていたの？　触れられるのが怖くなるほど、彼は乱暴だった？」

どうやら彼はルークの暴行を疑っているらしい。

「まさか！」

思わず大きな声が出る。

ジョシュアはホッと肩の力を抜いた。

「そうか。まさかとは思ったけど、違ってくれてよかった……」

溜息交じりに零された言葉に、プリシラは眉根を寄せた。

前から気になっていたが、彼は何か勘違いをしているのではないだろうか。

「そもそもあり得ないでしょう？　……もしかしてジョシュアは、私と陛下が本当に身体の関係を持っていたと思っているの？」

「……え？」

ジョシュアの唇が薄く開いた。

彼は心底驚いた顔でまじまじとこちらを見つめてくる。

やはり、とプリシラは頭を抱えたくなった。

ルークとの初夜がどうなったか、彼は誰より知っているはずなのに。

だが、よくよく考えてみればあれから十年近く経っている。途中から自分とルークの関係が変わったと思われても仕方ない。

プリシラは覚悟を決め、正直な心情を打ち明けることにした。

怯えた理由を説明するのは恥ずかしくて仕方ないが、誤解されたままなのはもっと嫌だ。

「ルーク様とは清い関係のままよ。キス一つしたことない。さっき怖いって言ったのは、初めて触られる場所だから。……あの、さっきのところから出血するのよね？　指を入れたら、乙女の証が破れるの？　それとも指なら血は出ない？」

「リラ……」

ジョシュアの眼差しの色が変わる。

彼は、痛ましいものを見るような顔でこちらを見つめていた。

何か変なことを言っただろうか。

内心焦りながら、早口で説明を終える。

「どうなるか分からなくて怖いだけだから、ゆっくりしてくれたら大丈夫だと思う」

ジョシュアは力なく首を振った。

「ごめん、リラ。今夜は止めておこう」

そう言って、疲れたように全身の力を抜く。

引き締まった長身の体軀（たいく）に圧し掛かられたのも一瞬、ジョシュアはプリシラを抱き込み、横になった。

……呆れられてしまった。

こんなに悲しそうな顔をさせるくらいなら、言わなければよかった。

後悔と悲しみが、プリシラの胸に押し寄せてくる。

ジョシュアは上掛けを引き寄せ、プリシラの身体に掛けた。

その手つきの優しさに、胸の痛みが僅かに薄れる。

「寒くない？　ガウンを取ってこようか？」

「……大丈夫よ、ありがとう」

甲斐甲斐しく世話を焼く彼の様子に、冷めた気配はない。

無知なプリシラに呆れたわけではないのだろうか。

今でも愛しく思ってくれているのなら、何故止めてしまうの？

不安がぐるぐると胸の中で渦を巻く。

ジョシュアは大切な宝物をしまうようにプリシラを包んだ後、瞳を合わせてきた。

「さっきの話だけど」

ごくり、と喉がなる。

何を言われるのかと身構えながら彼の瞳を見つめ返したプリシラは、ハッとした。

エメラルドの瞳は辛そうに歪められている。彼は深く傷ついていた。

「陛下とあなたは本当の夫婦だと、ずっと信じてきた。この十年、ずっと仮初のままだなんて、思いもしなかった。陛下はあなたのことをいつも楽しそうに話していたし、娼館には通っても愛人は決して持とうとしなかったから」

「……そうだったのね」

ルークが子のない王妃を頑なに離縁しないのは、プリシラを深く愛しているからだと、周囲は信じてきた。ジョシュアもそう思っていたのだろう。

「……すまない、リラ。本当に、すまない」

ジョシュアの瞳が潤んでいるのを見て、プリシラは悲しくなった。

彼が泣くのは嫌だ。それが自分のせいなら、尚更。

プリシラは手を伸ばし、ジョシュアの髪に触れた。

「なぜ謝るの？　勘違いをしていたというのなら、私も同じだわ。あなたも事情を知っていると思い込んでいたんですもの」

そのまま頭をそっと撫でてみれば、縋るように手を取られ、強く握り締められる。

ジョシュアは苦しげに眉を寄せ、首を振った。

「初めてのあなたに、あんなキスをした自分が許せない。さっきだって、私は陛下を意識していた。リラに触れていいのは自分だけだと、確認したかった。怖がっていることに気づきもせず、早く上書きしたいとそればかりで……。陛下にも腹が立つよ。手を出さないのなら、もっと早く家に帰すべきだった。あなたはずっと子がないことを責められ続けてきたんだぞ？　何もかもが理不尽で、不公平な話だ。あなたはもっと怒っていい」

ジョシュアは吐き出すように言うと、断罪を待つ罪人のように項垂れた。

彼はプリシラの為に怒り、悲しんでいるのだ。

プリシラは気づけば涙ぐんでいた。

腹の底から、驚きと喜びの入り混じった感情が激しく突き上げてくる。

しょげ切っているジョシュアが愛おしくてならない。

優れた容姿ばかりが持て囃されているが、彼の美点はその内面にある。

いつだって他者への思い遣りを忘れない優しさに、プリシラは惹かれたのだ。

「……私は許すわ」

繋がれた手を持ち上げ、彼の手の甲にそっと口づける。

「初めてがどんなキスでも、きっと嬉しかった。だって、あなたが相手なんですもの。ジョシュアと陛下を比べることは一生ないし、彼にとって私はたった一人の家族なの。せめて最後まで傍にいて欲しいと願う気持ちを、咎めることは出来ない。それは、あなたにも分かるはずよ」

「……分かるけど、分かりたくない。君は優し過ぎるよ」

ジョシュアは呻くように呟き、プリシラの手に頬を押し当てる。

「大切な人には優しくしたくなるものだわ。あなたもそうでしょう？　王宮に来てから今までずっと、あなたは私を支えてくれた。優しく見守ってくれた」

彼はゆっくり顔を上げ、眼差しを強めた。

「ああ、そうだね。……これからは間違わない。もう二度とあなたを悲しませないし、怯えさせたりもしない」

「ありがとう」

プリシラは心からの笑みを浮かべ、真摯な瞳に引き寄せられるように顔を近づける。

触れるだけの口づけは、神聖な誓いのキスだった。

幕間　ここだけの話

「──それで、結局何もせずに帰ってきたってわけか」

ルークは驚きに目を見開き、まじまじとジョシュアを見つめた。

ここは、本宮の執務室。

先日の劇場での出来事が面白おかしく書かれたゴシップ新聞をこれみよがしに机へ戻し、ルークは嘆息した。

「お前の忍耐力はどうなってるんだ」

『──歌姫シンシアとラドクリフ侯爵はついに破局を迎えた。侯爵の新たな恋人の名を記すのは不敬に当たる為、控えさせて貰う。が、ここまで書けば聡い読者諸君は筆者と同じ人物を思い浮かべることだろう。まさに劇中で繰り広げられたラブロマンスが実際に起きたのかどうかは、各自の想像に委ねるしかない』

新聞の一面には、ジョシュアとプリシラ、そしてシンシアとのあれこれが憶測のみで書かれている。

ジョシュアもすでに目を通したものだったので、動じずに済んだ。

王妃について書かれた新聞を、わざわざ国王へ届ける身の程知らずはいないはずだ。ルークはこれを、例の娼館で入手したに違いない。

新聞を読んだルークはすぐにジョシュアを呼びつけた。

「王妃とはどうなった」

部屋に入るが早いか、開口一番に問われる。その場で踵を返さなかった自分を褒めたい気持ちでいっぱいだ。

「どうなったかと尋ねてくるから、こうなりましたと話したんです。手を出したことを責められるならともかく、我慢して引き上げたことを責められるのは心外です」

ジョシュアは悠々とした態度で足を組み替えた。

ルークは呆れたように首を振る。

「シンシアのことで揉めて、南の宮へ引き上げた時は険悪な雰囲気だったのだろう？　そこから何がどうなって『互いの誤解を解いて、前より仲良くなりました』で終わるんだ。抱いたのかと聞けば、それはないと言うし……」

「険悪な雰囲気だった、というのは？」

途中の言葉が気になり、問いただす。

「お前だけの庭だと思ったか？　南の宮で起こったことは、私にも筒抜けだぞ」

ルークはニヤリ、と口角を上げた。

「……まあ、そうでしょうね。陛下の奥方だった方の宮殿ですから」

「強調するなよ。あと三ヶ月は私の王妃だ」

「陛下の、ではありません。我が国の、です」

離縁の手続きは終わっていると暗に訴える。

ルークは苦笑し、やれやれとばかりに首を竦めた。

「ああ、そうだな。我が国の王妃だ。国王である私が心配するのも、当然だよな」

「私の婚約者の心配をして下さって、本当にありがとうございます。陛下のご温情には感じ入るばかりです」

丁寧に述べ、頭を下げる。

ルークは「こわ……」と小さく呟き、首を傾げた。

「手は出せなかったにしろ、プリシラと両想いになったんだろう？　やけに機嫌が悪いのは、何故だ？」

単純に不思議だ、と言わんばかりの邪気のない問いかけに、かちんとくる。

ジョシュアは大げさに溜息をついてみせた。

「それはご自身の胸に聞いてみて下さい。夫婦の問題だからと口を挟まずにいた自分を、盛大に呪いながら帰ってきたのですから」

ルークはようやく思い当たったのか、納得顔になった。

「あれは、夫婦の問題だぞ。お前に口を挟む権利はない」

きっぱりと言い切られ、思わず拳に力が入る。

「……っ。それはそうですが……！」

ルークはこちらを宥めるような笑みを浮かべ、しみじみと続けた。

「私はプリシラを心から大切に想っている。そして彼女も、私のことを深く想ってくれている。男女の関係にはついぞなれなかったが、互いに十年だと分かっていた。それより短くはならないと、私も彼女も知っていた。もしも途中でプリシラが自由になりたがったのなら、私は喜んで送り出したさ」

ジョシュアの胸がちりちりと焦げていく。

国王夫妻の間にある深い絆には、ずっと気づいていた。

彼らは昔も今も、揺るぎない友情と互いへの尊敬で固く結ばれている。

かつてはそこに男女の愛情もあるのだろうと思っていたが、清い関係だと知った今、彼らの関係が以前より眩しく見える。

「なんて顔してるんだ」

唇をきつく引き結んだジョシュアを見て、ルークはからりと笑った。

「今だから言えるが、プリシラがずっと恋してきたのは、お前だぞ？　私のことは弟にしか見えないとはっきり言っていた。特別なのはお前だけだそうだ。その気にならなくてよかった、と心から思った瞬間だったな」

「…………は？」

「なんだ、そこまでは聞かなかったのか」

ルークはしまった、と顔を顰め、慌てて手を振る。

「今のは聞かなかったことにしろ」

「無理です。もう聞いてしまいました。それは、いつのことです？」

「王妃が話してないことを、私が話すわけにはいかない。仕事が終わったら、自分で聞きに行けよ」

あまりにも真っ当な返事に、何も言えなくなる。

黙り込んだジョシュアを、ルークは不思議に思ったようだった。

「行けない理由でもあるのか？」

「……彼女の口から聞いたら、今度こそ襲ってしまいそうですから。大切にすると誓ったばかりなのに、止められそうにない」

「ああ、なるほど。まあ、そっちの方が私にも好都合だ」

すぐに前言を撤回した国王を、恨めしい気持ちで見つめる。

プリシラの初恋が自分だった、などという余りに美味しい餌を目の前にぶら下げられた挙句、食いついた途端、さっと引っ込められた気分だ。

「好都合とは？」

「王宮を出てすぐに懐妊が分かったら、貴族院が黙っていないだろう？　私が離縁後も彼女のもとに通っていたか、お前が猶予期間に王妃を孕ませたか、そのどちらかということになる。前者だということになれば、お前達の子は王宮に取り上げられる。後者だと判じられれば、お前の首が飛ぶ。私はどちらも避けたい」

プリシラが産んだ我が子を、王の子として取り上げられるくらいなら、彼女を連れてどこまでも逃げる。

とっさにそう思ったが、それではプリシラに要らぬ苦労をさせることになる。

やはり、三ヶ月は耐え抜かなくてはならない。

たとえプリシラが無邪気に誘ってきても、煽ってきても、もう口づけ以上のことは出来ない。

瞳をとろんと蕩かせ、小さく唇を開けて、愛らしく喘いでいた彼女の姿が脳裏を過ぎる。

白く滑らかなあの肌に触れたのは、自分だけだった。

ツンと尖った胸の味を知っているのも、やわく解れていく媚肉の感触を知っているのも、甘い蜜をすくって舐ったのも、ジョシュアだけ。

軽く思い出しただけで、全身が張り詰めてくる。

ジョシュアは知ってしまった。自分と同じだけ、彼女も自分を想っているのだと。

今度同じ状況に置かれたら、きっと最後まで止まらない。

彼女を想ってきた十年はあっという間だったのに、あとたった三ヶ月がこんなに遠い。

長い溜息をついたジョシュアに、ルークは悪戯っぽく問いかけてきた。

「いい娼館を知ってるんだが、一緒に行くか？　プリシラによく似た娘もいるぞ？」

「陛下!?」

一瞬で背筋が冷えた。

プリシラによく似た娘をルークが好んで抱いていたのなら、話は違ってくる。

彼女にその気はなくても、国王はやはり愛していたということだろうか。

今更そんなことを知らされても、後には引けない。

相手がルークでも、絶対に譲りたくない。

頬を強張らせたジョシュアを見て、ルークはしてやったりという顔になった。

「やめろよ、冗談に決まってるだろう。いるにはいるが、私は顔を合わさないよう避けてる。ここだけの話だが、妹に見張られてるような気がして、萎えるんだ」

げんなりとしたルークの表情に嘘はない。

彼の中でプリシラは、すっかり肉親になってしまっているらしい。

それなら、抱けないのに手放せないのも納得だ。

「……陛下」

「ん？」

「私もすっかり楽になりました。ありがとうございます。それと娼館へのお誘いは、謹んでお断りします。ここだけの話、私は彼女にしか勃ちませんので、行くだけ無駄です」

これまでも多くの誘惑はあった。

だが、プリシラへの想いを自覚してからというもの、ジョシュアが抱きたいと思うのは、自分のものにしたいと願うのは、プリシラただ一人だった。

頑固な心に身体も引きずられてしまうのか、どんな美女に誘われようとピクリとも反応しない。

「お前も、大抵難儀だな！」

ルークは噴き出し、その後もしばらく笑っていた。

最終章　本当の結婚式

南の宮を出立する馬車の数は、来た時と比べ倍になった。

王宮へ来てから誂えたドレスや宝飾品が、思った以上に多かったのだ。

ドレスはともかく、宝飾品は国王に返すべきではないかと思ったが、ルークは頑として受け取らなかった。

「こんなに豪華な宝飾品、つけていく場所がありませんわ。次の王妃様にそのままお譲りするのが失礼に当たるなら、換金して国庫に戻して下さいませ」

プリシラがそう提案しても、ルークは首を縦に振らない。

「つけていく場所がないのなら、それこそ売って、使いやすいものを買い直せ」

「ルーク様」

「私は譲らんぞ。諦めろ」

「……はい」

プリシラは渋々頷き、荷造りの点検に戻った。それが先週のことだ。

新しい門出を祝うかのように、空は澄み渡っている。

王宮へ来た日も、こんな天気だった。雲一つない空は青く、爽やかな風が髪を撫でる。

ルークとは、本宮の謁見室で別れを済ませた。

「見送りにはいかん。人前で取り乱すわけにはいかないからな」

「ええ、そうして下さい」

子どものように泣きじゃくるルークを想像し、思わず笑ってしまう。

簡単に想像できてしまうのが、またおかしかった。

「……長の務め、ご苦労だった。そなたに出会えたことを、本当に嬉しく思う」

ルークが姿勢を正し、改まった口調で告げる。

誰より立派な国王の姿が、そこにはあった。

プリシラも背筋を伸ばし、まっすぐ彼を見つめた。

「過分なお言葉、恐縮にございます。力及ばず去ることを、どうかお許し下さい」

深々と膝を折り、頭を下げる。

「ラドクリフ」

ルークが傍らに控えた宰相の名を呼んだ。

「ここに」

「プリシラ・マレット嬢を家まで送り届けてくれ」

「承りました」

国王の命を受けたジョシュアが、恭しく腕を差し出してくる。

プリシラは万感の思いで、その腕に手をかけた。

「では、これにて御前を失礼致します」

再び立礼した後、踵を返す。

唇が小刻みに震える。気を緩めれば、泣いてしまいそうだった。

プリシラ・マレット——そうルークは呼んだ。ようやくプリシラは王妃ではなくなった。

もうどこにだって行ける。好きなものを好きな時に食べて、好きなように予定を立てて、好きなように出かけられる。

この日を待ち望んできたはずなのに、何故か胸が痛くて堪らない。

重い責務と孤独を背負う場所に、ルークを一人置いてきてしまったからかもしれない。

思わず振り返りそうになったプリシラを止めたのは、ジョシュアだった。

「見ないであげて下さい。別れの悲しみが増すだけです」

小声で囁かれた彼の言葉に、気づかされる。これ以上プリシラに出来ることは何もない。

どこにも未練を残さないよう、綺麗に退場すること以外は何も。

「……私一人が幸せになる気がしてしまうの」

ジョシュアにだけ聞こえる声で、小さく呟く。

彼は柔らかく微笑み、首を振った。

「あなたの幸せを、陛下も心から願っています」

「私も陛下の幸せを願っているわ。……どうかこれからも支えてあげてね」

「はい、王妃様」

ルークはマレット嬢と呼んだが、ジョシュアは王宮を出るまでは、王妃として扱うつもりらしい。

南の宮へ戻ると、すでに裏門の前に馬車が並んでいた。

使用人達も全員荷物を下げ、外に立っている。

空っぽになった南の宮が再び賑わうのは、いつになるだろう。

すでに次の王妃の選定は最終段階に入っているという。

どうか、良い人でありますように。ルークと慈しみ合い、支え合い、豊かなローレンスを更に盤石(ばんじゃく)にしていける人でありますように。

プリシラは白亜の宮殿を見つめながら、強く願った。

その後、ジョシュアの手を借り、馬車へと乗り込む。

向かいに腰を下ろした彼は、王宮の敷地を出るまで礼儀正しく座っていた。

正門をくぐってようやく、肩の力を抜く。
ジョシュアは安堵の表情を浮かべ、両手を差し伸べてきた。
「おいで、リラ」
ふわりと微笑むその顔は、酷く懐かしいものだった。
「……っ」
南の宮を出る前から堪えていた涙が、一気に溢れてくる。
悲しいことなど何もないのに、何故か次々と雫が頬を伝って落ちた。
プリシラは泣きじゃくりながら、彼の腕に飛び込んだ。
ジョシュアはしっかり受け止めると、膝に抱き上げ、背中を撫でてくれる。
幼子をあやすような体勢だが、プリシラは満たされた。
ようやく心置きなく安らげる場所を見つけたような気分になる。
「本当にお疲れ様。よく頑張ったね」
ジョシュアは手を止めないまま、優しく声を掛けてくる。
プリシラは何度も頷いた。
もう自分は十五の少女ではない。
なのに、まるで十年前に戻ったかのような幼い気持ちになる。
ジョシュアにずっとこうして褒めて貰いたかったのだと、ようやく気づいた。

「もう、さよならは言わなくていいのね。これからは、ずっと一緒ね？」

泣きながら確かめる。

十年前のあの日、プリシラは毅然と頭を上げ、ジョシュアに背を向けた。

区切りをつけなければ前に進めなかった。

彼への想いは胸の奥に閉じ込め、王妃としての責務に向き合わなければならなかった。

だが今なら、言える。

ずっとあなたを愛していたのだと、今なら。

プリシラの問いかけに、ジョシュアは熱い吐息を吐いた。

「もちろんだよ、リラ。私がこの日をどんなに待ち望んできたか、きっと君にだって分からない」

「ジョシュア……」

「あなた」という敬称から、昔の「君」へと呼び方が変わった。

これからは遠慮しないという彼なりの意思表明な気がして、嬉しくなる。

瞳を潤ませ、ジョシュアを見つめる。

彼は、ふ、と笑みを零し、プリシラの頬に手を当てた。

「……陛下は言っていた。リラが自由になりたがったのなら、いつでも見送ったと」

突然話が変わった気がして目を瞬かせる。

ジョシュアはプリシラの眦を長い指で拭うと、困ったように眉尻を下げた。

「だが、私には無理だ。君が嫌がっても、もう離してやれない。私に愛想が尽きた時は、どこか遠くで死ねと命じてくれ」

胸を占めていた感傷が、一気に吹き飛ぶ。

「そんなこと、言う訳ないでしょう！」

プリシラは思わず叫んでいた。

ジョシュアは「自分の想いは君にも分からない」と言ったが、それは彼も同じだ。

プリシラの執着を、小指の先ほども理解していない。

きっと睨み上げれば、何故か嬉しそうに見つめ返される。

「怒ったの？　リラ」

「ええ。こんな侮辱ってないわ。私の初恋はあなたなのよ？　十年も前から、異性として想ってきたのはあなただけだった。なのに、『嫌いになったから、遠くで死ね』なんて言えると思う？　あり得ない！」

怒りを言葉に変え、まっすぐにぶつける。

ジョシュアはきつく目を閉じた。

込み上げてくる感情を処理しきれない。そんな表情に、プリシラの勢いが弱まる。

「……ジョシュア？　大丈夫？」

ちっとも大丈夫そうには見えないが、他に適切な言葉が浮かばない。

彼はようやく目を開け、煌めくエメラルドの瞳にプリシラを映した。

「君の初恋は、私？」

「ええ、そうよ」

そう言えば、まだ打ち明けていなかった。

プリシラは軽く考え、意地悪く口角を上げてみせた。

「あなたもそうだ、なんてすぐ分かる嘘はつかないでね？　私は十五の小娘だったけれど、あなたは二十一だったわ。しかも、あの頃から皆の憧れの貴公子だった。私の方がうんとあなたを好きなんだって、これで分かったかしら」

ジョシュアは、ふは、と噴き出し、くつくつと笑い出す。

昔の彼を彷彿とさせる屈託のない笑い声に、プリシラもつられて笑ってしまった。

「その得意げな顔、ほんと可愛い。昔から君は、私を明るい気持ちにさせる天才だった。

……ああ、本当に大好きだよ、リラ」

ジョシュアは感慨深そうに呟き、プリシラの額に優しく口づけた。

まるで幼子を褒めるようなキスが、少しだけ物足りない。

プリシラは彼の首に両手を回し、小首を傾げた。

「それだけ？　私はもう子どもじゃないわ」

「……どこでそんな仕草を覚えてきたんだ？」

ジョシュアはわざと眉を顰め、プリシラの背中をあやすように叩く。

「でも、駄目だよ。今はしない」

「どうして？」

「今、唇にキスしたら止まらないから」

ジョシュアは即答した。

目を丸くしたプリシラを見つめ、艶っぽく微笑む。

「それとも、それで構わない？　もうすぐ屋敷に着くみたいだけど、内鍵を下ろしておこうか？　なかなか出てこない君に焦れて、皆が窓から覗くかもしれないから、カーテンも引いておかないとね」

「……っ！」

何を仄めかされているのか分かり、頰が火照(ほて)った。

「覚悟がないなら、安易に煽らないこと。分かった？」

ジョシュアの言い聞かせるような口調が、何故か甘く聞こえる。

「覚悟なら、あるもの」

プリシラは小声で反論した。

もう二人を隔てるものは何もない。

ジョシュアはすでにルークから結婚許可証をもぎ取っている。

後は、プリシラの支度を待って式を挙げるばかりなのだ。

「……はぁ」

ジョシュアは額を押さえ、深い溜息をついた。

「君の容赦のなさに、陥落してしまいそうだよ、リラ」

彼は謎めいた言葉を残すと、プリシラを抱き上げ、向かい側の席に戻してしまう。

そしてそのまま、座席の背に両手をついた。

ジョシュアの両腕に囲われた形になり、小さく息を呑む。

間近に迫ったエメラルドの瞳は、猛る情熱を宿していた。

「でも今はしない。ここまで待ったんだ。どうせなら、きちんとした形で想いを遂げたい」

ジョシュアの声は掠れていた。

彼もプリシラを求めているのだと、その切迫した声と眼差しで分かるのに、何故そこまで我慢するのか分からない。

「きちんとした形って?」

プリシラは問い返さずにいられなかった。

「祭壇の前で君と愛を誓いあうのが先ってこと」

ジョシュアは辛抱強く答える。

「白いネグリジェを着た君が待つ寝室に、私は向かうんだ。夫婦の寝台で、君を大切に抱く。そして君のここに」

彼は片手を伸ばし、プリシラの腹の上に置いた。

「沢山注いであげる。私でいっぱいにしてあげる」

触れているのは手だけなのに、全身が熱くなった。

ジョシュアの飢えた瞳に、犯されている気分になる。

堪らず瞳を伏せたプリシラを見て、ジョシュアはくすりと笑った。

「覚悟は出来てるんじゃやなかったの？」

「……意地悪！」

「ごめん、でも今のは君が悪い」

ジョシュアはようやく腕を下ろし、プリシラから離れた。

向かいの席に座ると、悪戯っぽく瞳を煌めかせる。

「優しい私でいて欲しいのなら、言動に気をつけてね、リラ」

「分かったわ」

プリシラは素直に頷いたが、心の中では別のことを考えた。

（余裕のないジョシュアも素敵だった。あんな風に迫って欲しくなったら、私から誘えばいいのね。覚えておかなくちゃ）

「……本当に分かった？」

ジョシュアが訝しげに瞳を細める。

プリシラは慌てて表情を引き締め、澄ました顔を拵えた。

「ええ、結婚式までは大人しくしていろと言うのでしょう？　ちゃんと理解出来たわ」

「それはそれで寂しいけど、すぐだしね。私も大人しく待つとするよ」

「そんなに早かった？」

結婚許可証を入手したことは知っているが、式の日取りまでは聞いていない。

プリシラのスケジュールは常に貴族院が管理してきた。自分で予定を立てる習慣がないせいで、確認するのをすっかり忘れていたのだ。

「来週の二十四日だよ。あと十日もない」

ジョシュアは言うと、「まあ、私はもっと長く感じてしまうだろうけど」と付け加える。

「二十四日!?　そんなに早いのなら、ドレスは使い回しになってしまうわよ？」

十五の時に着たウェディングドレスは、確かまだ実家で保管してあったはず。

だが、あの頃と今では体型が変わっている。胸は膨らんだし、しょっちゅう締め付けられたコルセットのお陰でウエストは細くなった。

急いで直しに出せば、式には間に合うだろうか。

「ルーク様との式で着たドレスでもいいなら、だけど」

念の為、確認する。ジョシュアはまさかというように両眉を上げた。

「よくないよ。君だって嫌だろう?」

「それはそうだけど、二十四日までに新しいドレスなんて無理だわ」

「大丈夫。ドレスならもう作ってある」

「え?」

今度こそ、ぽかんと唇が開く。

「君のところの侍女頭に頼んだから、サイズは間違いないと思うよ。デザインも君の好みに合わせると言っていたし、安心していいんじゃないかな」

「それなら安心……って、そうじゃなくて、いつの間に?」

「君が私のプロポーズを受けてくれた日に」

ジョシュアはきっぱりと答えた。

「君が王宮を出たらすぐに式を挙げたかったからね。色々と準備しておいたんだ。君の部屋の改装も終わってる。いつでも、私の屋敷へ来られるよ」

「ジョシュア……」

そんなに自分と結婚したかったのか、と半ば啞然としてしまう。

もちろん悪い気はしなかった。幸せな気持ちが後からじわりと広がっていく。

「私のこと、本当に望んでくれているのね」

「当たり前だろう？　まだ信じてないの？」

ジョシュアがむっとしたように唇を曲げる。

拗ねた物言いに、胸が切なく締め付けられる。こんな風に砕けた態度で接して欲しいと、幾度願ったか分からない。

ようやく願いが叶った。

これからは何度だって、今みたいに気兼ねなく言い合える。

プリシラは微笑みながら首を振った。

「疑っているわけじゃないけど、なかなか実感が湧かなくて……。きっと片思いの時間が長すぎたのね」

「……それはこっちの台詞なんだけどな」

ジョシュアは小さく呟き、「まあいいか」と気を取り直す。

「結婚したら、たぶん嫌ってほど分かると思うよ。私は独占欲が強いし、我慢してきた反動で、しばらくは盛ってばかりいるだろうからね」

「ジョシュアったら！」

直接的な言葉に頬が熱くなる。

耳まで赤くしたプリシラを見て、ジョシュアは悪い笑みを浮かべた。

「この言い方は気に入らない？　じゃあ、なんて言おう。すぐに欲情してしまう、とか？」

「それも駄目」

「声が甘い。本当は嫌じゃないって顔してる」

「……っ」

プリシラは両手で顔を覆った。

ジョシュアが指摘した通り、口で言うほど嫌ではなかったのだ。もっとからかって欲しいとすら思ってしまったことを見抜かれ、居た堪れなくなる。

「私の言葉に照れる君も、すごく好きなんだ。ごめんね。二人きりの時しか言わないから、許して」

ジョシュアの声は歓喜の色を帯びている。

ちっとも悪いと思っていないその口調に、プリシラは思わず笑ってしまった。

結婚式までの僅かな日々、プリシラは実家で久しぶりの家族団らんを楽しんだ。
と言っても、父はもとよりすでに家を出て一家を構えている兄は忙しく、家族が全員揃ったのはプリシラが家へ戻ったその日だけだ。
「おかえり、プリシラ」

マレット公爵はしみじみとプリシラを見つめて言った。

多くの想いが胸に込み上げたのか、それきり黙り込んでしまう。

そんな夫の背を撫で、母が微笑む。

「変ね。これまでも会えなかったわけじゃないのに、久しぶりに会うような気がしてしまうわ」

母の眦は涙で濡れている。

王妃と公爵夫人では立場が違う。まして実の母娘となれば、そう気軽に会えない。王妃が実家に便宜を図っているなどと周囲に囁かせるわけにはいかなかった。

母と顔を合わすのは公の場のみ。その場合も互いに一線を引き、王妃と臣下であり続けた。彼女が娘であるプリシラに会うのは、実に十年ぶりなのだ。久しぶりだと思うのも無理はない。

プリシラは両手を広げて母を抱き締め、懐かしい匂いを胸いっぱいに吸い込んだ。

「ただいま、母様」

「……おかえりなさい。ああ、プリシラ。本当によく頑張ったわね」

母は大粒の涙を零しながら、懸命に笑みを拵えて抱き返してくる。

「あなたを心から誇りに思うわ」

「ありがとう。そう言って貰えて、すごく嬉しい」

プリシラは思ったことをそのまま口に出来る喜びを噛み締め、母の温もりに浸った。

放っておいたらいつまで経っても終わらないと危惧したのだろう、兄が溜息をつく。

プリシラが王妃になる前はロレンツ子爵を名乗っていた兄も、今ではリーランド伯爵位を拝命している。

家族の中でこの兄だけが、ルークの秘密を知らなかった。

事情を知らない兄にとってプリシラは、王の子を産めないまま離縁された不肖の妹になるわけだが、彼は温かな眼差しをこちらに向けてきた。

「おかえり、プリシラ。長い間、大変だったな」

「ごめんなさい、兄様。私、国母にはなれなかったわ」

「何を謝ることがある。お前は完璧だったさ。私だって、誇りに思っている」

思い遣りに溢れた兄の言葉に、プリシラの胸は熱くなった。

「ただ湿っぽいのは苦手なんだ。それに、ラドクリフのところへ嫁ぐことが決まっているんだろう？　めでたい話が控えてるんだ。めそめそ泣く必要はどこにもないと思う」

兄は最後の一言を、母に向けて言った。

「必要はなくても勝手に出てくるの！　あなたって子は、ほんとに情緒を解さないんだから。よくそれで、クラリスに逃げられないものね」

「私の妻の情緒は安定しているからな」

兄が自慢げに答える。相変わらずの掛け合いに、プリシラは噴き出した。

プリシラが家にいる頃から、兄と母はしょっちゅう言い合っていた。

『おかあさまの読んでくださる本は、ありえなさすぎて、ぼくには合わないようです。もっとじっさいに役立つ本を読みたいです』

真面目な顔で抗議する幼い兄に、母が目を白黒させていたことまで思い出し、声を出して笑ってしまう。

無邪気な笑顔を覗かせたプリシラを見て、母と兄は言い合いを止めた。

それから四人はダイニングルームへと移動し、豪華な晩餐を囲んだ。

話題にのぼったのは、主にジョシュアのことだ。

特に母は、興味津々といった様子で矢継ぎ早に質問してくる。

「今回のお話は、陛下の命ではなかったんですってね。ラドクリフ様の方から是非に、と申し出られたとか。一体、いつ見初(みそ)められたの？　歌姫シンシアとの噂は本当だったの？　今は別れているそうだけど、それはプリシラに心変わりしたからなの？」

「……それ、前半はお父様からね。後半はゴシップ新聞かしら」

プリシラが溜息交じりに尋ねると、母は素直に認めた。

「あの新聞は定期購読してるのよ。この人にあれこれ聞いても、ちっとも要領を得ないんですもの」

母の恨めしそうな視線を受け、父は肩を竦めた。

「知っていることは全部話しただろう？　君に隠し事なんて出来るわけがない」

「そうかしら」

いかにも信用ならないといった母の口ぶりに、兄が眉を顰める。

「そうですよ。父上は何でも母上に話してしまうんですから、疑っては気の毒です」

兄の援護に、母は満更でもない顔になった。

賑やかな食卓は昔と何も変わらない。

プリシラは頬を緩め、一つ一つに答えていく。

「ラドクリフ様がいつから私を望んで下さっていたのかは分からないけれど、陛下に押し付けられたわけじゃないのは確かよ。私も自分の意志で、彼のプロポーズを受けたの。シンシアとは元々何もなかったと彼は説明してくれた。嘘じゃないと私は思う」

そこまで話し、改めて三人を見渡す。

「私達の新しい門出を、祝ってくれる？」

彼らは一斉に頷いた。

「もちろんだよ、プリシラ」

「結婚祝いに何が欲しいか、リストを送っておいてくれ」

「本当におめでとう。……今度こそ、幸せになってね」

父、兄、そして母の順番で声を掛けられる。

母の言葉に、プリシラは満面の笑みを返した。

「私は充分に幸せだったわ。陛下の伴侶として、これ以上ないほど大切にしてもらった」

母の瞳が再び潤み始める。

また兄との口喧嘩が始まっては堪らない。

プリシラは慌てて付け足した。

「今度はただのプリシラとして、うんと愛して貰うわ」

「ええ。……ええ、そうね」

母はハンカチで目元を押さえ、何度も頷く。

「その二つに何か違いが?」

兄は釈然としない様子で尋ねた。

プリシラは破顔し、「全然違うわ」と胸を張る。

ルークが求めたのは、自分を決して裏切らない同志であり、互いに慈しみ合える家族だった。

だがジョシュアが求めているのは、プリシラ自身だ。

彼の前では、飾らない自分でいられる。ありのままのプリシラを、彼はいつだって肯定し、求めてくれる。

それがどれほど稀有なことか、今のプリシラには分かっている。

「私にはよく分からないが、お前が今みたいに笑っていられるのならそれでいい」

兄の言葉に、父と母が深く頷く。

彼らがこの十年、常に自分を気にかけていたことが分かるやり取りだ。

プリシラの鼻がツンと痛んだ。兄に見咎められないよう、素早く眦を拭う。

兄は感極まった妹には気づかぬ振りで、魚のソテーを切り分け始めた。


そして迎えた結婚式当日。

プリシラは教会の控室で父の迎えを待っていた。

美しいウェディングドレスに感嘆しながら袖を通し、豊かな芳香を放つ薔薇のブーケを持つ。全ての支度を終えると、侍女達は恭しく一礼し、控室を出て行った。

母と兄、そしてジョシュアはすでに教会の中で待っている。

後は、プリシラと父が向かうだけだ。

最後にもう一度鏡に全身を映し、仕上がりをチェックした。

身体のラインに沿う大人っぽいデザインのドレスは、裾にかけて優美に広がっている。

重ねられた裾のレースは豪奢で、歩く度に涼やかな音を立てる。

ほっそりした首と腕を引きたてるのは、ノースリーブのデザインと二の腕まである白いロンググローブだ。

仕上げに被せて貰ったヴェール越しに、美しく成熟した女性が見える。

信じられない気持ちで見入っていると、丸い頰を強張らせた華奢な少女が、今のプリシラに重なった。

『……こわい？』

少女は不安に瞳を揺らして尋ねてくる。

プリシラはそっと手を伸ばし、鏡に触れた。

冷たい鏡面に、カツン、と指先を弾かれる。

「いいえ。何も怖くない。とても幸せよ」

小声で囁き掛けると、少女はふわりと微笑み、霞のように消えていった。

十年前に挙げた結婚式と今日の式は違う。

かつてのプリシラは、恐れと緊張でいっぱいの心をヴェールで隠した。

今のプリシラの胸を占めるのは、未来への期待とジョシュアへの愛しさだけだ。

扉をノックする音がする。

プリシラは軽やかな足取りで、扉の向こうで待つ父のもとへ向かった。

教会には、大勢の参列者が詰めかけている。

マレット公爵家もラドクリフ侯爵家も、ここローレンスでは知らぬ者のいない大貴族だ。

当然、付き合いも広い。

　国王と離縁した後、間を置かずによそへと嫁ぐプリシラを、良く思わない者が混じっている可能性は高かった。

「誰に何を言われても、気にすることはない。だが、私の娘を侮辱する者を許すつもりもない。顔と名前は教えてくれるね?」

　父は教会の内扉の前に立つと、真剣な顔で見つめてきた。

「口さがない噂を気にするような繊細さは、王宮に置いてきたわ」

　プリシラは答え、明るい笑みを浮かべる。

「それに、お父様と同じことをラドクリフ様もおっしゃるはずよ。陛下もかしら。三方に睨まれて平気な貴族が、この国にいたかしら?」

　父はくすくす笑い、首を振る。

「いないだろうね。私でも御免だ」

「でしょう?　だから、何も心配はいらないわ」

　軽く父の腕を叩き、前を向く。

　やがて静かに開いていく扉の向こうには、最愛の人が待っていた。

　今日のジョシュアは、純白の礼装姿だった。

　十年前の黒い礼装もよく似合っていたが、今の方が素敵に見える。

年を重ねた分、落ち着きと余裕を増したジョシュアは、今日も多くの女性の溜息を誘っている。

熱い視線をあちこちから感じるが、彼が見つめているのはプリシラただ一人だ。

すっと差し出された手を、躊躇わず取る。

ジョシュアの瞳は、感嘆に満ちていた。

「……とても綺麗だ」

司祭の話の合間に、熱っぽく囁いてくる。

「ありがとう。あなたも、とても素敵よ」

プリシラも小声で褒め返した。

途端、ジョシュアの端麗な顔がふわりと柔らかくなる。

愛しくて仕方ないといわんばかりのその表情に、参列者は唖然とした。

冷徹な美青年である宰相の甘い顔を、皆は初めて見たのだ。

『――彼がシンシア嬢をエスコートしているところを見かけたことがあるけれど、全然違ったわよ。あの時は、いつもの冷静なお顔だったもの。プリシラ様に向けた顔は、まるで違ったわ。上手くいえないけれど、見てはいけないものを見てしまった気分だった。あれは、目の毒過ぎるわ』

参列者の一人である子爵夫人は、後に友人にそう語った。

周囲を驚かせたジョシュアの笑顔を、プリシラは見慣れている。

ごく当たり前のように司祭へと意識を戻し、式の進行に従った。

誓いを交わした後、ジョシュアがヴェールを持ち上げる。

予定では軽く口づけるだけだったのだが、ジョシュアは我慢しなかった。

プリシラの腰を引き寄せると、深く口づけ、舌を差し入れる。

流石に絡めはしなかったが、熱烈過ぎるキスには違いなかった。

司祭は卒倒寸前だし、列席者の間からは小さな悲鳴が上がる。

プリシラはといえば、真っ赤に頬を染めただけで抵抗しなかった。

恥ずかしくはなったが、嫌ではなかった。

ジョシュアは周囲に、自分がどれほどプリシラに参っているか、鮮烈に見せつけたのだ。

これでもう、シンシアとの別れを疑う者はいなくなるだろう。

ジョシュアは名残惜しげに唇を離し、じっとこちらを見つめてくる。

怒ってないか、と問うような眼差しに、笑みを返す。

プリシラはそっと手を伸ばし、彼の唇に移ってしまった紅を指で拭った。

引き寄せられるように再び距離を縮める二人に慌てたのは、司祭だ。

何度も咳払いを繰り返し、自重を知らない新郎新婦の注意を引いた。

「続きは、後で」

ジョシュアが悪戯っぽく囁く。

プリシラは頷き、頬を引き攣らせた司祭に向き直った。


結婚式の後、華やかな披露パーティが開かれた。

急ごしらえとは思えない盛大な祝宴に、招待客は皆、目を丸くしていた。

(半年も前から準備していたのなら、これくらいは可能よね)

プリシラは心の中で呟き、にこやかな笑みを振りまいた。

「今度こそ、お子が出来るといいですわね」

年配のご婦人が、嬉しそうに話しかけてくる。本人に他意はなさそうだが、それを聞いた周囲の方が肝を冷やした。

一気に凍り付いた場の雰囲気を和ませたのは、ジョシュアだ。

「私はどちらでもいいと思っているんですよ」

彼は優しく言った。

「あら？　そうなの？」

老婦人がしょぼしょぼと瞳を瞬かせる。

「ええ。彼女が私の子を産んでくれたら、それはとても幸せなことです。ですが子が出来れば、妻はそちらにかかりきりになってしまう。構って貰えなくなるのは寂しいのです」

率直なジョシュアの言葉に、周囲の空気は一気に温かくなった。微笑ましいといわんばかりの優しい視線が集まる。

老婦人は今更ながら失言に気づいたのか、申し訳なさそうに眉尻を下げた。

「ごめんなさいね。プリシラ様を責めるつもりはなかったの。すぐに女のせいにされる風潮は、本当に嫌よね。子が出来ないのは、夫婦の相性のせいなのに――」

本人に悪気はないことはよく分かったが、放っておけばルークとプリシラの相性が悪いだけ、などと言い出しかねない。

プリシラはラドクリフ家の執事を探し、軽く目配せした。

老練の執事は音もなく近づいてくると、老婦人をそれとなく別の場所へ誘導していく。

ジョシュアはプリシラの采配に気づき、感嘆の眼差しを向けた。

「もうヘンリーと親しくなったの？」

ヘンリーというのが執事の名前だと分かるまで、数秒かかる。

「紹介された時に挨拶を交わしただけよ」

プリシラはいいえ、と首を振った。

「でも今の、いつでも君の意向を汲めるよう見守っていなきゃ、気づけないよね」

「確かにそうね。とても有能な執事だわ」

ジョシュアは瞳を和ませ、首を振る。

「そうとも言えない。彼は気難し屋で通ってるんだ。自分が一目置いた者じゃないと、主人とは認めない。もちろん仕事は完璧にこなすけど、さっきみたいに迅速に対処したりはしないよ」

「そうなの？」

意外な事実に目を見開く。

ジョシュアは、わざと溜息をついてみせた。

「私を認めてくれたのだって、最近だよ。二年も前に当主になったのに、一年半近く坊ちゃん扱いのままだった」

ジョシュアを坊ちゃん扱いする者がいるなんて俄かには信じられないが、彼が嘘をつくとも思えない。

口元に白髭を蓄えた執事を探すと、今はホールの隅に立ち、会場全体を見渡している。背筋をピンと伸ばし、油断なく目を光らせる姿には、確かに一種の風格があった。

執事はすぐにプリシラに気づくと、何か？　というように小さく首を傾ける。

大勢の招待客が歓談に興じる中、素早くこちらを見つけた目の良さに驚きながら、首を振る。

執事は恭しく頭を下げると、少々酔い過ぎたらしい客の傍へと移動していった。酔客が気持ち悪くなったり、他の客に絡んだりしたら、すぐに対処するつもりなのだろう。

「……ほらね？　私には目もくれない」

　ジョシュアが楽しげに囁いてくる。

　彼は気難し屋の執事を、とても気に入っているようだ。

　プリシラは顎に手をかけ、ジョシュアを見上げた。

「彼はあなたの意向に沿っているんだと思うわ」

「え？」

「あなたは、ここの皆に私を誰より優先して欲しいと願っているんじゃない？　ラドクリフ家に一日も早く馴染んで欲しいって」

「それは、もちろん」

「だから、ヘンリーもそう振る舞っている。私を女主人だと認めて動くことで、他の使用人に模範を示している。……ね？　彼が本当に従っているのは、当主のあなただわ」

　プリシラが披露した推論に、ジョシュアは虚を突かれたようだった。

　しばらく黙り込んだ後で、くしゃりと髪をかき上げる。

「……君を手放さなきゃいけなかった陛下に、今初めて同情したよ」

「そうなの？」

　よく分からないが、ジョシュアはプリシラを褒めているらしい。

「気の毒だとは思うけど、絶対に返さない。君はもう、私の妻だ」

ジョシュアは自分に言い聞かせるように言う。

プリシラは微笑み、片眉を上げてみせた。

「そうよ。私はもう、ラドクリフ侯爵夫人なの。あなたが私に飽きたとしても、簡単に屋敷を出て行ったりはしないから、そのつもりでいてね」

ジョシュアは噴き出し、くすくす笑いながら答える。

「そんな日は絶対に来ないと誓って言えるよ、リラ」

「あなたを信じるわ」

プリシラは心からの笑みを浮かべた。


人生二度目の初夜を、プリシラは落ち着いた気持ちで迎えた。

結婚式前夜、侍女頭が夫婦の閨事について書かれた指南本をそっと渡してくれたのだ。

本来なら母親が教えるものなのだが、初めて嫁ぐ時、母である公爵夫人は「殿方に任せておけば大丈夫です」としか言わなかったので、プリシラの知識はそう深くない。

せめてどれくらい痛むのか、どれくらいの時間耐えればいいのかくらいは教えて欲しかった。今からでももう一度聞きに行こうか、と悩むプリシラのもとへやって来たのが、侍女頭だった。

『こちらに全て書かれてあります。図解も載っておりますので、目を通しておくと慌てることにはならないかと』

侍女頭が添えた言葉に、プリシラは驚いた。

『……知っていたの？』

か細い声で尋ねる。

侍女頭はこくりと頷いた。

『他の者は気づいておりませんので、どうかご安心下さい。初夜以降、お渡りがあった翌日の寝室には私以外立ち入らせておりません』

侍女頭とは、いわば執事の女性版だ。南の宮の全ての使用人を取り仕切る立場にあった彼女が、自ら寝室のベッドメイクと洗濯をしていたと知り、プリシラは申し訳なさでいっぱいになった。

『ごめんなさい。あなたにさせるような仕事じゃなかったのに……』

『いいえ、私の仕事でした』

侍女頭はきっぱり言い切る。

『お嬢様は隠したかったのですよね。でしたら、ご意向に沿うのが私の務めです』

『……ありがとう』

胸が詰まって、それだけ言うのが精一杯だった。

自分はこれまで、どれほどの人に大切に守られてきたのだろう。恵まれた環境に感謝せずにはいられない。

『どうか、お幸せになって下さい』

侍女頭がしみじみと寿いでくれる。

『あなたも見届けてくれるのでしょう?』

ラドクリフ家には彼女も連れていくことが決まっていた。

これからも世話になると暗に訴えると、侍女頭はにっこり笑う。

『もちろんです。明日からは、奥様とお呼びしますね』

『あなたがいてくれるのなら、どこへ行ったって頑張れそうだわ』

プリシラの言葉に、侍女頭は瞳を潤ませ、深く腰を折った。

彼女が退室した後、プリシラは入手した指南本をじっくり読むことにした。

初めは驚き、すぐに閉じてしまったが、覚悟を決めて再び開いてみれば、そこにはとても有用な情報が載っていた。

男女の身体の仕組みの違いや、交接の際の注意事項などを、プリシラはふんふん、と頷きながら読んでいく。

『指だけでは出血しなかったのね……実際に挿入しても出血しない人もいる、と』

ページが進むにつれ、未知なる体験への恐怖が薄れていくのが分かる。

指南本は女性向けに書かれており、「痛む時はすぐに伝えること」「嫌な部分ははっきり教えること」という記載もあった。その辺りの感覚は、男性には分からないものらしい。

『……なるほどね。これで準備万全だわ』

プリシラは意気揚々と指南本を閉じ、安らかな気持ちで眠りに就いた。

どんなことが起こるのか知ってさえいれば、怖いことは何もない。安心してジョシュアに身を任せられる。知識と経験は似て非なるものなのだということは、すっかり頭から抜け落ちていた。


「入ってもいい？」

扉越しに、ジョシュアの声がする。

プリシラは弾かれるように立ち上がった。

すでに湯浴みは済ませ、ネグリジェに着替えている。

今は、新たな寝室で夫の訪れを待っているところだった。

「いいわ」

心の準備は出来たと思っていたのに、声は上擦ってしまう。

ジョシュアはゆっくりと扉を開け、中へ入ってきた。かちり、と掛けられる鍵の音がやけに大きく響く。

彼は寝台の前で所在なさげに佇むプリシラに視線を移し、熱い吐息を漏らした。

「ドレス姿も最高に綺麗だったけど、そのネグリジェもすごく似合ってる」

「あ、ありがとう」

純白のネグリジェは薄く繊細な生地で作られていた。下には何も着ていないので、うっすらと裸体が透けて見える。さすがに際どすぎるのではないかと思ったが、どうやらジョシュアは気に入ったようだ。

彼はプリシラの肩を抱き、まずは寝台へ腰かけるよう促した。

二人並んで座った後、至近距離で瞳を覗き込まれ、心臓が大きく跳ねる。

「緊張してる？」

エメラルドの瞳は落ち着いて見えた。

いきなり押し倒されることはなさそうで、ホッと肩の力を抜く。

「ええ。でも大丈夫。覚悟は出来てるわ」

真面目に答えたのに、ジョシュアは何故かふ、と笑った。

「どうして笑うの？」

ムッとして尋ねる。

「ごめん、だってまるで戦に出るみたいな顔してるから」

「そんな顔してないわ」

ますます膨れたプリシラの頬を、大きな手が包み込む。

「拗ねないで、リラ。可愛い、って言いたかったんだよ」

戦に出る前の人の顔が可愛いとはとても思えないが、褒められれば悪い気はしない。

機嫌を直したプリシラを見て、ジョシュアは嬉しそうに瞳を細める。

「うん、今はもっと可愛い顔になった」

「ジョシュアったら……」

「少しは緊張が解れた？」

「ええ、大丈夫」

今度は気負わずに答えられた。

「よかった」

ちゅ、とジョシュアがプリシラの額にキスを落とす。

「私を信じて、リラ。怖いことは何もしない。ただ、二人で気持ちよくなるだけだ」

彼の声に籠った熱情が、プリシラの胸にも火を灯す。

「……気持ちいいの？　痛いのは、最初だけ？」

「ああ。そうなるように努めるから、プリシラも協力して？」

軽いキスが、額から頬、そして唇の脇へと少しずつ位置を変えて降ってくる。

くすぐったいのと幸せな気持ちが混じり合って、大胆な気持ちを引き出していく。

「協力って、何をすればいいの？」

指南本に載っていた手淫や口淫だろうか。

上手く出来る気はしないが、ジョシュアが喜ぶなら頑張って試みなければ。

「そうだな。我慢しないで、沢山声を聞かせて欲しい」

「それだけ？」

別のことを考えていたプリシラは、拍子抜けしてしまった。

「そうだよ。それだけで、私はすごく昂るんだ。……証明してあげる」

ジョシュアはそう言うと、プリシラの唇を優しく甘噛みした。

肉厚の舌がするりと口腔に入り込み、感じやすい部分をすぐに探り当ててくる。

くちゅ、くちゅ、と淫靡な水音がすぐ近くで聞こえる。

舌先を擦り合わせたり、絡めた舌をきゅ、と吸われたりする度、腰がびくびくと撥ねてしまう。

「ふ……っ、ぁ……ん」

「気持ち、いい？」

唇を軽く重ねたまま問われる。微かに頷けば、またすぐに舌で愛撫された。

ジョシュアは深い口づけでプリシラを翻弄しながら、片手で器用にネグリジェのリボンを解いた。はらり、と前がはだける。

とっさに胸を覆った両手は、ジョシュアに外されてしまった。

彼は少しだけ口を離し、「舌を出して」と囁いてくる。

言われるがまま、舌を出す。

ジョシュアも舌を伸ばし、プリシラの赤い舌に自らのそれを重ねた。

伏せた瞳は、思わず見惚れてしまうほど美しい。まるで見せつけるように擦り合わされる舌に、下腹部がじゅん、と疼いた。

「ぁ……っ、ふっ……う」

「いい声。もっと聞かせて」

ジョシュアの舌が離れ、喉元へと移っていく。

気づけばプリシラは、寝台に腰掛けたまま仰向けになっていた。

そこへジョシュアが覆いかぶさってくる。

彼は白い双丘を掬い上げ、先端だけが見えるようにゆるく絞った。

甘美なキスのせいで、すでに乳首は固くしこっている。

ジョシュアは口を開け、再び舌を出してぷくりとした頂をねっとりと舐め上げた。

「ひゃぁ…っ、あっ、あ、んっ」

喉から悲鳴じみた嬌声が漏れる。

懸命に首を振って強い快感に耐えるプリシラを、ジョシュアは陶然とした表情で見あげた。しばらく舐めた後で、今度は口の中に含み、優しくしゃぶり始める。

口に含んでいない方の乳首は、親指と人さし指で挟み、こりこりと圧し潰した。

「あっ……っ、やぁ、っん」

「嫌？　気持ちよくない？」

「だ、め……っ、そこでしゃべら、ないで……っんっ」

「すごく気持ちよさそうなのに、本当は嫌？」

指の動きが弱まり、今度は乳輪をやんわりなぞり始める。唇も離されてしまった。

もどかしい感覚に、勝手に腰が揺れる。

「や、じゃない……っ、きもち、いいけど……」

「けど？」

「おかしく、なっちゃう」

プリシラは涙目で訴えた。舌と指で同時に嬲られると、頭がおかしくなりそうなほど気持ちいい。どうにかなってしまうのではないかと、怖いほどだ。

「いいよ、おかしくなって？　リラが可愛い声で啼いてくれるから、ほら、私もこうなった」

ジョシュアはプリシラの右手を取り、自らの雄へと導いた。

触れた箇所は、固く勃ちあがっている。

プリシラは導かれるまま、熱い塊を包み込んだ。

衣服の上からでも、へそにつきそうなほど反り返っているのが分かる。初めて触れた異性の形に、小さく息を呑んだ。

ジョシュアはうっとりと目を細め、プリシラの手に熱い塊を押し付けてくる。

「すごく興奮してるの、分かる？」

「ええ……」

「リラはどうかな？　ちゃんと濡れてるか確認しようか」

ジョシュアはそう言うと、すっかりはだけたネグリジェに手をかけ、するりと脱がせてしまった。

恥じらうリラを抱き上げ、寝台に横たえる。

それから自身もシャツを脱ぎ、ほどよく筋肉のついた上半身を晒した。

厚い胸板から引き締まった腰にかけての見事なカーブに、プリシラの目は釘付けになった。浅く穿かれたズボンのせいであらわになった腹筋が、非常に色っぽい。

「……気に入った？」

「え？」

「じっと見てるから」

ジョシュアの瞳にからかいが混じる。

プリシラは赤くなりながら、こくりと頷いた。

「すごく綺麗だって、思ったの。それにとても――」

「とても?」

「セクシーだわ」

「それは私の台詞だよ、リラ。いつまでも見ていたい。……ここも見せて」

ジョシュアは熱っぽく囁くと、プリシラの両脚を持ち上げ、間に入ってしまう。

あっという間に腰を抱えられ、浮かされた。

驚く間もなく、ジョシュアの頭が両足の間に沈み込む。

「え、ま、っ……ひゃぁんっ」

ぬるりと湿った秘所が、濡れた塊で擦り上げられる。

これまで感じたことのない快感が背筋を駆け上った。

一拍遅れて、舌で舐められたのだと気づき、堪らずシーツを摑んだ。

指南本で読んでいなければ、驚きと羞恥のあまり泣いてしまったかもしれない。

だが今のプリシラは、口淫を知っている。

ジョシュアが充分に手加減してくれていることも分かった。

彼の舌は敏感な芽を避け、陰唇を丁寧に解している。

次々と溢れてくる愛液を舌先で掬い、秘所全体にまぶすように擦り付ける。

「ふぁ…っ、あっ、ああっ……んっ」

頭の中が真っ白になり、意識全てが下腹部に集まった。

恥ずかしくてたまらないのに、足が勝手に開いてしまう。

「やぁ……っ、み、みないで……っ」

「大丈夫、見てない」

「う、そ……っ」

「ごめん、嘘」

ジョシュアが小さく笑んだのが、肌に触れる空気で分かる。

「たっぷり濡れてるし、ひくついてるし、すごく色っぽいよ。気を抜いたら出してしまいそうだ」

彼は情欲に掠れた声で囁いた。

「挿れる前によくほぐしておかないと、ね。もう少し我慢できる？」

プリシラは懸命に頷いた。

丁寧な愛撫が気持ち良すぎて、もっと欲しくなる。

ジョシュアはプリシラの反応を確かめながら、舌先で肉芽をそっとつついた。

途端、びくん、と全身が跳ねる。

「ひぃ……んっ、ぁ」

強烈な刺激に、自然と涙が滲んだ。

ジョシュアは宥めるように周りを舐め、プリシラが落ち着くのを待つ。

それを幾度か繰り返すうちに、確かな快感を拾えるようになった。

「あっ……ん、はぁ……ぁ」

プリシラの喘ぎ声が甘くなる。

そこで初めて、ジョシュアは蜜口に指を当てた。

「指が入るだけでは出血しないから、心配いらない。リラの気持ちいいところを探させて」

「わ、かった……」

プリシラは喘ぎながら答えた。

指南本には、前戯中の男性は激しい興奮を覚えると書いてあった。高まった性欲に理性を飛ばし、獣のように盛ってしまう男性もいる、と。

力の入らない首を何とか動かし、ジョシュアを見てみる。

彼の背中の筋肉は、強く張り詰めていた。頬はすっかり上気し、抑えてはいるが、呼吸も荒い。

ジョシュアも激しく興奮していた。

だがそれでも、己の欲を優先するのではなく、プリシラの不安を取り除くことに全力を傾けている。

プリシラはたまらなくなった。

彼の深い愛情を目の当たりにし、心臓が引き絞られる。

「好き……大好き……」

気づけばプリシラは呟いていた。

「リラ?」

ジョシュアが驚いたように顔を上げ、こちらを見つめてくる。

「大好きよ、ジョシュア。あなたになら、何をされてもいいわ」

「……っ」

ジョシュアは眉間に皺を寄せ、低く呻いた。

「今は、やめて。優しく、出来なくなる」

苦しそうな表情に、プリシラは首を振った。

「優しくなくても、いいの。ジョシュアがつらいのは、いや」

「つらくない、と言ったら嘘だけど、優しくしたいんだ」

ジョシュアは頑固に言い張り、ちゅ、とプリシラの下腹部に口づける。

「君が慣れたら、我慢しない。思いきり抱かせて貰う。ね?」

プリシラがそうしたいように、ジョシュアもまたプリシラを誰より大切にしたいのだ。

それが分かり、全身の力が緩む。

頷いたプリシラを見て、ジョシュアは再び指を動かし始めた。

つぷりと蜜口に沈められた長い指が、膣壁をなぞるように進んでいく。

異物感に思わず腰を引いたが、すかさず抱き寄せられる。

「大丈夫、怖くないよ」

ジョシュアは宥めるように囁き、ゆっくり指を動かしながら秘唇に吸い付いた。

「——あぁっ」

すっかり勃ち上がった肉芽をゆるく吸われるだけで、全身が震える。

肉厚の舌は絶妙な力加減で、敏感な芽をやわく潰し、こりこりと転がす。

「ひっ……っぁあっ、あっ」

透明な雫が眦から零れ落ちていく。

気持ち良すぎても涙は出るのだと、プリシラは初めて知った。

絶え間なく襲ってくる愉悦に揺さぶられているうちに、指は二本、そして三本と増やされていく。

気づけば、膣内でも微弱な快感を拾えるようになっていた。

膣壁は節くれた指をきゅう、と締め付け、奥へ引き込むように蠢く。

「すごいな……とろとろなのに、こんなにきつく食い締めてくる……」

ジョシュアは耐えきれないように呟くと、ゆるく指を曲げ、上壁を軽く擦った。

刹那、これまでとは比べ物にならない快感が全身を駆け巡る。

「ひっ……ぅ！」

「ここなんだね」

ジョシュアが嬉しそうに言い、同じ部分を軽く叩くように刺激し始める。

「あっ……あっ……っ！」

圧倒的な快楽に呑まれ、わけが分からなくなる。

目の前がちかちかしてよく見えない。開きっぱなしの唇から、つ、と涎が零れた。

ジョシュアは丸めていた背を伸ばし、プリシラの唇に吸い付いた。

「なんて顔してるの……ああ……リラ、好きだ……、好きだよ」

熱に浮かされたように囁きながら、深く口づけ、指の動きを早める。

「やぁ……っ、い、いっちゃう、……っ、あっ、あぁっ」

「いいよ、イって」

ジョシュアは親指で肉芽をこり、と圧し潰した。

舌を吸われながら膣壁を小刻みに擦り立てられるだけでも堪らなかったのに、更に敏感な芽を刺激されたプリシラは、あっけなく絶頂に突き落とされる。

「――……っ！」

激しい快感の大波にもみくちゃにされる。

プリシラは声にならない声を上げ、つま先を丸めて全身を震わせた。

「……はぁっ、……はぁっ」

荒い息を吐き、凄まじいほどの悦楽が残した余韻に耐える。

「上手にいけたね……すごく可愛かった」

ジョシュアはこつんと額を合わせ、吐息混じりに言った。

「疲れたかもしれないけど、もう少し付き合って」

彼はそう続けると、手早くズボンを脱ぎ捨てた。それから、プリシラの左足を抱え上げ、自らの肩にかける。

弛緩した身体は、彼のなすがままに動いた。

「そう痛まないと思うけど、もし痛かったら教えて」

プリシラは力なく頷いた。直後、熱い昂りが蜜口に押し当てられる。

これで心身共に結ばれるのだと思うと、心が震える。

だが、感慨深く浸っていられたのは、ジョシュアが腰を進めるまでだった。

「ひぅ……っ」

ずぶり、と沈められた屹立が隘路(あいろ)を押し広げていく。

痛いというより、きつい。苦しくて、上手く息が吸えない。

生理的な涙を滲ませたプリシラを抱き込み、ジョシュアは呻いた。

「ごめ……、駄目だ、止まらない」

苦しげに掠れた声が堪らなく色っぽい。

膣壁がきゅうと蠢き、硬く屹立した欲望を艶めかしく締め付けた。

「いい、の……大丈夫」

「……っ！」

ジョシュアは堪えきれないように腰を動かした。

やがて、こつん、と奥へと行き当たる。

彼のもので胎がみっちり埋められているのが分かる。隙間なく合わさった肌の感触に、多幸感が押し寄せてくる。

「すごいよ、リラ……気持ち良すぎて、頭がおかしくなりそうだ」

ジョシュアが短く息を吐き、呟く。

プリシラは潤んだ瞳で彼を見上げた。

ジョシュアは眉根を寄せ、何かに耐えるような表情を浮かべていた。

「本当に、気持ちいい？」

とてもそうは思えず、確認してしまう。

彼は頷いたが、双眸(そうぼう)には燻ったままの強い欲望が宿っていた。

「ああ、とてもね。……でも、ちょっともう限界みたいだ」

ジョシュアはプリシラの腰を両手で摑み、大きく腰を引いた。

ずるり、と引き抜かれる感覚に戸惑ったのも一瞬、再び奥を突かれる。

「――あっ、ああっ……っ！」

初めは緩やかだった律動も、すぐに激しくなった。

「リラ、……リラ……」

切望に満ちた声が耳朶を打つ。狂おしいほど求められていると感じる。

ジョシュアの激しい求愛に、心ごと抱かれている気がした。

プリシラは懸命に手を伸ばし、彼を求めた。

ジョシュアはすぐにプリシラの手を取り、指を絡めてシーツに縫い留めた。

噛みつくように口づけられ、舌を吸われながら、突き上げられる。

「好きだ……どうしようもなく、好きなんだ……っ」

キスの合間に紡がれる告白は、胸が痛くなるほどひたむきだった。

快楽と情熱に揺さぶられたプリシラは、はらはらと涙を零した。

身体を繋げることにこんな意味があるなんて知らなかった。

愛する人に強く求められることが、これほど幸せだなんて知らなかった。

「ごめん、苦しい、ね」

涙に気づいたジョシュアが唇を滑らせ、眦に溜まった雫を舐め取る。

「違う、の、嬉しいの」

プリシラの声はすっかり掠れていた。

「……あなたで、よかった」

吐息混じりに囁くと、胎を埋める欲望がまた大きくなる。

「え……？」

「煽らないで、って言ったのに」

ジョシュアは呟くと、再びプリシラを貪り始めた。

大きな律動から、小刻みに奥を叩く動きに変わる。

これまでとは違う種類の快楽が波のように襲ってきた。

「ま、待って、違うの、煽ったわけ、じゃ……ぁんっ、あっ……」

「ごめん、待てない」

ジョシュアは言うと、身悶えるプリシラをきつく抱き締め、追い上げた。

「やぁ……っ、はぁ……っんぅ」

頭が痺れるほどの強烈な快感に、頭が真っ白になる。

「――ひぅっ……！」

プリシラが二度目の絶頂に達したのと、奥に熱い飛沫を感じたのは同時だった。

ジョシュアは荒い息を吐き、長い吐精に耐えている。

どくどくと注がれる白濁は、彼の愛の証だった。

たとえようのない充足感に満たされ、自然と瞼が落ちていく。

力強い腕に全てを預け、プリシラは意識を手放した。

ここローレンスの貴族社会において、新婚夫婦は一ヶ月の蜜月期間を過ごすことになっている。

ひと月の間は極力二人きりで過ごし、夫婦としての絆を深めていくのだ。

ルークと過ごした蜜月は、とても大変だった。

嫌々通ってくる彼の負担にならないよう、プリシラは常に息を潜めていた。

一ヶ月が過ぎた頃には、心労でかなり痩せてしまった記憶がある。

ジョシュアとの蜜月は、あの時とはまるで違った。

目覚めたプリシラの世話をするのは、ジョシュアの役目になった。

プリシラを抱き上げソファーへ移し、手際よくシーツを取り換える。

その後、真新しいシーツの上にプリシラを戻し、背中にクッションを当てて座らせる。

優雅な足取りで部屋を出て行ったと思えば、今度はモーニングティーと果物をトレイに載せて戻ってくる。

「はい、リラ。あーん」

エメラルドの瞳は喜びに輝いていた。とても断れるような雰囲気ではない。

「……あーん」

気恥ずかしさを堪えて口を開くと、瑞々しい苺が入ってくる。

プリシラが咀嚼(そしゃく)するのを待って、ジョシュアは身を乗り出した。

「美味しそう。私にも味見させて」

彼はそう言って、返事を待たずに唇を重ねてくる。

舌ごと食べられそうなキスに、プリシラはうっとりと目を閉じた。

その後、再びシーツを駄目にすることもあれば、ゆっくりお茶を楽しめることもあった。

昼は手を繋いで屋敷の広い庭を散策する。

そして夜は言うまでもなく、激しく愛された。


湯気が立ち込める浴場に、二人の息遣いが響く。

ジョシュアはプリシラを横抱きに抱え込み、風呂椅子に腰かけている。

左手は腰に回されているが、右手はプリシラの秘所に伸ばされ、くちゅくちゅと蜜口をかき混ぜていた。

「やぁ……ぁん、だ、めぇ……っ」

プリシラは懸命に首を振るが、悪戯な指は止まらない。

ずぶりと中に沈み込み、膣壁をこそぐように刺激し始める。

「っぁ……ん、あっ、……やぁっ、違、う……っ」

「違う？　ここを綺麗にして欲しいと言ったのは、リラなのに」

ジョシュアはかぷり、と耳朶を咥え、甘い声で囁いた。

「溢れて出てきてしまうから、かき出して欲しいんでしょう？　ああ、ほんとだ……いっぱい出てくるね」

二本に増やされた指がゆるく曲げられ、淫靡な水音を立てて抜き差しされる。ちゅぷん、と抜かれる度、ぼたぼたと白濁が滴り落ちてきた。

寝室で交わった後、プリシラはもう一度入浴したいと訴えた。二度に渡ってたっぷりと注がれた精液が、太腿をつたって流れてきたのだ。

このままでは眠れない。浴場まで連れて行って欲しい。

プリシラはそう頼んだつもりだった。

激しい抽送と鮮烈な愉悦の余韻で、腰が立たない。それでも浴場まで連れて行って貰えれば、あとは自分で何とか清めようと思っていた。

ジョシュアは快く引き受けてくれた。引き締まった見事な裸体をガウンで覆うと、プリシラをシーツで包み、抱き上げる。

夫婦の寝室の近くに設えられた浴場につくと、彼はプリシラのシーツを取り去り、自らもガウンを脱いだ。

唖然とするプリシラを抱き直し、ジョシュアは浴場へと足を踏み入れた。

そして今へと至る。

かき出すものがなくなったのか、節くれた指は上壁をこそぐように動き始めた。親指が花芯を探り当て、くるくると撫で回す。

「ひゃぁん……！」

びくびくと腰が跳ね、つま先が丸まる。

あっけなく達したプリシラを見て、ジョシュアは蕩けるような笑みを浮かべた。

「またイっちゃったね。溢れてるのが私の精か君の蜜か、もう分からないくらいトロトロだ。どっちか確かめてみようか」

あれだけ何度もかき出されたのだから、今溢れているのは彼のものではない。

そう答えたかったが、達したばかりで口をきくのも億劫だった。

ジョシュアはプリシラを浴槽の端に腰掛けさせ、両膝に手をかけた。

開かれていく両脚を、ぼんやり眺める。

あらわになった秘所を見て、彼は下唇をぺろりと舐めた。

何とも艶めかしい動きに、子宮がずぐりと疼く。

プリシラは無意識のうちに、自分から両足を開いていた。

ジョシュアはそこに身体を割り込ませると、嬉しそうにむしゃぶりついてくる。

肉厚な舌が秘唇をめくり、花芯の周りをねっとりと舐め上げた。

「あぁっ……！」

鋭い快感が脳天を突き上げる。

彼は白い喉をのけぞらせたプリシラの腰を引き寄せ、媚肉を舐り、花芽に軽く吸い付いた。もう意味のある言葉は出てこない。

散々嬲って気が済んだのか、それとも我慢できなくなったのか、ジョシュアは口を離し、膝立ちになった。

ふやけた陰唇に、屹立した怒張が押し当てられる。

プリシラの身体はすっかりジョシュアの形を覚えていた。

やわくほぐれた蜜口は、反り返った怒張を難なく呑み込んでいく。

丸く膨れた亀頭に粘膜を擦り上げられ、太い肉棒にみっちりと埋められる感覚は、何度味わってもその度に鮮烈な刺激をもたらす。

根元まで収まった時には、すでに軽く達していた。

乳首が痛いほどしこっているのが分かる。

ジョシュアは胸の先端に唇を寄せ、すぐ傍で囁いた。

「ぷっくり尖って可愛いな。まるで私を誘ってるみたいだ。早く食べて、って」

「いわ、ないでぇ……っ」

断続的に襲ってくる快楽に耐えながら、プリシラは首を振った。

「本当は嫌じゃないよね。声で分かる」

ジョシュアはからかい声で指摘し、ゆっくりと唇を開いた。

これから何をされるのか、もう分かっている。期待で更に乳首が硬くなった。

だが彼はいつものように咥えるのではなく、舌を突き出し、先端をつついてきた。

「ぁあっ、……はぁ……っ」

ぴりぴりと微弱な快感が腰に走る。肉厚な舌が乳首を捏ねる眺めは、酷く扇情的だった。

これはこれで気持ち良かったが、すでに覚え込まされた快感には届かない。

早く口に含んで欲しいのに、ジョシュアは舌先での愛撫を続ける。

待ちきれなくなったプリシラは、衝動のまま彼の頭を引き寄せた。

刹那、よく出来ました、といわんばかりに咥え込まれる。

彼はしこった乳首を美味しそうに口の中で転がした。

それまでとは比べものにならない強烈な刺激に、背がしなる。

蜜壁が収縮し、中に留まったままの剛直をきつく締め付けた。

「く……ぅ」

ジョシュアが堪えきれないように呻く。

「そんなに、締めないで」

止まっていた腰が動き始め、喘ぐプリシラを快楽の先へと引きずり込んだ。

「わざとじゃ、ないの、っ……あぁっ……んっ！」

首を振って止めようとするが、突き上げる動きは弱まるどころか激しくなる。

「やぁっ、胸と、一緒はだ、め……っ」

ジョシュアは凄まじい色香を滲ませた声で囁いてきた。

「やめないよ。プリシラの中は、すごく悦んでる」

「こうやってしゃぶられながら、突かれるの、好きでしょう？」

「ち、がっ……」

咥えられていない方の乳首を、かり、と指先で引っかかれる。

「気持ち良すぎて、怖いだけだよね？」

「ひぁ、……んっ！」

「リラが素直になるまで、続けようか。私もぎりぎりだから、我慢比べになってしまうね」

ジョシュアは吐息混じりに言うと、再び乳首に吸い付く。

かり、かり、と片手で先端を引っかきながら、今度は緩やかに腰を打ち付けてきた。

絶頂寸前まで押し上げては、引いていく。

なかなか達せないもどかしさに耐えきれず、プリシラは早々に音を上げた。

「気持ち、いいのっ、……気持ちいい、から、もっとして……っ」

はしたなく強請（ねだ）ると、ジョシュアの端整な顔から余裕が消える。

直後、激しく突き上げられた。

ガツガツと奥を穿たれ、乳房を貪られる。

官能を強く刺激され、わけが分からないほど気持ちいい。堪えきれなくなったプリシラは、ジョシュアの硬い肩にしがみつき、爪を立てた。

肉が食い込む感触に気づいて懸命に力を抜こうとするが、続いている強烈な快感がそれを許してくれない。

「ま、って……っ、つめがっ」

「大丈夫だから、そのまま摑まってて」

絶頂が近いのか、ジョシュアの息も荒かった。

「私にも、証を刻んで。全部、君のものだって」

彼はそう言うと、腰の角度を変え、最奥を小刻みに突いてくる。

熱烈な求愛の言葉と容赦ない動きに、プリシラは再び達した。

「ああ……っ！」

びくびくと腰が痙攣し、膣壁が欲望をきつく絞り込む。

直後、熱い飛沫を感じた。

胎の奥が満たされていく感覚に、怖いくらいの多幸感を覚える。

ジョシュアの広い背中に手を回し、ぎゅ、としがみつけば、すぐに抱き返された。

「愛してるよ、リラ。君だけを心から愛してる」

深い感情の籠った声が耳元で聞こえる。

プリシラはこれ以上ない充足感に包まれた。

蜜月が明けるまでの一ヶ月、ジョシュアは一度も王宮に顔を出さなかった。

おそらく仕事は山積みだろうし、多方面に迷惑をかけていそうだ。

蜜月期間が終わり、久しぶりに出仕するという朝、見送りに出たプリシラはそっと尋ねてみた。

「今更だけど、こんなに休んで大丈夫だったの？」

「マレット公とリーランド伯に留守は頼んでおいたから、多分大丈夫」

「お父様とお兄様に？」

意外な名に目を見開く。

ジョシュアは悪戯っぽく微笑み、「ああ」と頷いた。

「兄はともかく、父はかなり忙しいはずよ。よく引き受けてくれたわね」

「リラを残して仕事に行くのは嫌だと、正直に打ち明けたんだ」

「……それだけ？」

父なら、『早めに帰宅出来るよう、要領よく仕事をこなせばいいだけの話では？』とすげなく返しそうなものなのに、と首を捻る。

ジョシュアはたった今思い出したというように、眉を上げた。

「ああ、それと、『あなたの可愛い娘が、新婚早々仕事にかこつけて放置されているなどと噂されてもいいんですか？』とは言ったかな」

「脅したんじゃない！」

プリシラは思わず笑ってしまった。

そこまで言われたら、さすがの父も代理を引き受けるしかない。

「そうとも言うね。見限られないよう、また今日からしっかり働くことにするよ」

「ええ、お願い。じゃあ、気をつけていってきてね」

「うん、行ってきます。早めに帰ってくるから、いい子で待っていて」

ジョシュアは優しくプリシラの髪を撫で、鼻歌でも歌いだしそうな様子で出て行った。

屋敷に残ったプリシラは、結婚祝いのリストアップに取り掛かることにした。

贈り物の数は膨大だった。さすがはラドクリフ侯爵家当主の慶事だと、どこか他人事のように感心しながら、差出人と貴族年鑑を照らし合わせて一覧を作っていく。

ようやく完成したところで、メイドがジョシュアの帰宅を知らせた。

急いでペンを置き、軽く身なりを整え直して、玄関ホールへと向かう。

ジョシュアは階段を下りてきたプリシラを見るなり、嬉しそうに破顔した。

「ただいま、リラ」

愛おしげに呼ばれる愛称がくすぐったい。

同じように返したかったが、使用人の前で家長を呼び捨てにするのは憚られた。

「おかえりなさい、あなた」

咄嗟に選んだ呼び名を、ジョシュアは気に入ったようだった。

「ああ、それもいいね。人妻って感じで、すごくそそられる」

「も、もう！」

使用人達が、また始まったというような生暖かい眼差しを向けてくる。

濃密過ぎる蜜月は、この本邸で紡がれたのだ。

二人が熱烈に睦み合っていたことは、おのずと知られてしまう。

真っ赤になったプリシラの肩を抱き、ジョシュアはくすくす笑った。

老執事がさりげなく進み出て、ジョシュアから上着を受け取る。彼の表情はぴくりともしていない。厳格そうな彼には、聞き苦しい会話だったかもしれない。

「ごめんなさい。ふざけすぎよね」

プリシラが謝ると、執事は「いえ」と短く首を振った。

「旦那様がお幸せそうで何よりです。鬱々としたご様子でいらっしゃることが多かったので、密かに案じておりした」

「そんなに酷かったたか？」

ジョシュアが驚いたように問い返す。

「はい。全てにおいて恵まれているように見えるのに、何故それほど辛そうなのか、何故頑なに縁談を退けてしまわれるのか。長年不思議でしたが、奥様を見て、全ての謎が解けました」

執事はそこまで話すと、顔を顰めた。

「私としたことが、喋り過ぎました。申し訳ございません」

「そんなことない、もっと聞きたいわ」

プリシラはすかさず首を振った。何か大切なことを掴み損ねているような気がしたからだ。

「ありがとうございます。ですが、あとは旦那様からお聞き下さい」

執事は丁寧に腰を折ると、そのまま下がってしまった。

夕食の間も入浴している時も、プリシラの頭は執事の謎めいた言葉でいっぱいだった。

鬱々とした顔をしているジョシュアが上手く想像できない。

独身でいたのは、プリシラが離縁するのを待っていたからという話は聞いたが、それは一体いつからだったのだろう。

プリシラが恋に落ちたのは、ルークと結婚する前だ。

だが、ジョシュアは違う。あの頃の彼は、プリシラを完全に子ども扱いしていた。

やがて就寝の時間になり、寝室にジョシュアがやってくる。

彼は、プリシラの顔を見ると困ったように微笑んだ。

「待ってました、って顔だね。さっきの話？」

「ええ。ここに座って、ゆっくり聞かせて。私、まだ知らないことがあるんじゃないかと思うの」

すでに寝台の上にいたプリシラは、ぽんぽん、と隣を叩いてみせる。

「そうかな。もう全部話した気がするけど」

ジョシュアはそう言ったが、素直に隣へと移動してきた。

プリシラと並んで座り、大きな枕を背もたれにしようと身を捻る。

プリシラはそこで、あ、と小さな声を上げた。

ジョシュアに贈ろうと用意したハーブピローの存在を思い出したのだ。

結婚式前にようやく仕上がり、嫁入り道具の中に入れたままではよかったが、今の今まですっかり忘れていた。

寝台がゆったりと寛ぐ場所になったのは、今夜が初めてだからかもしれない。初夜から蜜月にかけて、ここは淫らな睦み合いの場所で、気を失うように眠ることが殆どだった。

「ちょっと待ってね」

プリシラは寝台を下り、ベッドサイドテーブルの引き出しを開けた。

いつでも渡せるよう入れておいたハーブピローを手に取り、ジョシュアの隣に戻る。

彼は期待に満ちた眼差しで、プリシラの行動を見守っていた。

「遅くなってしまったけれど、約束していたハーブピローよ。よかったら、使って」

「ありがとう、リラ。実はずっと待ってたんだ」

ジョシュアは嬉しそうに受け取ると、宝物を眺めるように見入った。

しばらく眺めた後で、そうっと持ち上げ、匂いを確かめる。

「刺繍が細かくなってる。香りは前と同じにしてくれたんだね」

「ええ。あれで眠れるようになったと言っていたし、下手に変えない方がいいと思ったの」

「嬉しいよ。この香り、すごく安らぐんだ」

喜びをあらわにする姿を見て、プリシラも嬉しくなった。

「……君に言ってないこと、何かあったかなと考えたんだけど」

ジョシュアがハーブピローを触りながら、さりげなく切り出す。

「例の事件の現場に居合わせたことくらいしか、浮かばなかった」

「え……？」

プリシラは大きく目を見開いた。

ルークがその場に居たことは父から聞いていたが、ジョシュアも一緒だとは知らなかった。十年前の彼の不眠は、不幸な事件の後処理に追われたせいで神経が参っているからだと思っていた。

「何も出来なかった。見ているだけで、何も。君に会うまで、毎晩夢に見た。夢の中でも私は、指一本動かせなかった」

当時を振り返る口調は穏やかで、淡々としていた。

だがかえってそれが痛ましい。過去を過去として受け入れるまで、彼はどれほど苦しんだことだろう。

「ジョシュア……」

「リラと話すようになって、久しぶりに誰かといて楽しいと思った。もっと親しくなりたいと思い始めたところで、君の素性を知った。寂しいとは思ったけれど、まだそれだけだった。二度と会えないわけじゃないし、遠くから見守ってあげよう、だなんて年上ぶったことを思ってた」

ジョシュアはそこまで話すと、プリシラを見遣った。

彼の口から初めて聞く自分との馴れ初めに、胸がいっぱいになる。

「結婚式の時、君は見事に幸せな花嫁を演じきった。君だって不安だったに違いないのに、そんな様子は微塵も見せなかった。あの時の笑顔に胸を突かれたのが、多分始まりだ。手が届かなくなった瞬間に、私は君を好きになった」

ジョシュアはハーブピローを片手に持ち替え、もう片方の手でプリシラの手を取った。指を絡め、しっかりと繋ぎ合う。

「陛下との初夜の時も、君はこんな感じのネグリジェを着ていた。肌が薄く透けて見えているのに、まるで気にしていなかった。なんて無防備なんだと苛立ったし、いちいち反応してしまう自分を馬鹿だと思った。……私が感じ悪い態度を取ったこと、覚えてる？」

ジョシュアが柔らかな眼差しを向けてくる。

プリシラは「もちろん」と答えた。

「私がみっともない恰好をしていたからだって、落ち込んだわ」

「違うよ、まるで逆だ。あの時の君は、夜の精霊みたいだった。すごく綺麗で、恋に落ちたばかりの私には目の毒だった」

切々と語られる彼の心情に、プリシラは泣きそうになった。

十年も前に好きになって貰えていた事実に歓喜すると同時に、それではどれほど辛かっただろうと慮ってしまう。

「もしかして、それからずっと?」

震える声で尋ねる。

ジョシュアは繋いだ手に力を込め、美しく微笑んだ。

「何度も諦めようとはしたんだよ。でも、出来なかった。折れずに前を向き、ひたむきに努力する君を、誰より近くで見ていた。目を逸らすことなんて出来なかった」

堪えきれなくなった涙が溢れてくる。

ジョシュアはようやくハーブピローを置き、プリシラの眦を拭ってくれた。

「泣かないで、リラ。私が自分で選んだ道だ。何も後悔していない。あのまま片恋で終わったとしても、悔いはなかった。君さえ幸せになってくれたら、それでよかった」

心底そう思っていることが伝わる口調に、胸が激しく痛む。

プリシラはジョシュアの手に頬を預け、きつく目を閉じた。

「そんな風に想ってくれてたこと、まるで気づかなかった。あなたの言動にすぐ舞い上がってしまうのが辛くて、わざと距離を取ったわ。私はずっとあなたを、傷つけてきたのね」

「気づかなかったのは、私も同じだよ。明確に線引きされたと分かった時は、私の恋慕に気づかれたからじゃないかって、内心焦ったけど」

茶目っ気を含んだ声に、強く首を振る。

「もちろん今は分かってる。私達は互いに惹かれ合っていた。だけど、状況がそれを許さなかった。想いを秘めることを選んだ私達の選択は、決して間違ってはいなかったんだ」

確かにそうだ。もしあの頃両想いだと分かったら、互いにもっと辛い思いをしただろう。ルークはまだ復調していなかった。彼を見捨てることは、二人ともきっと出来なかった。

「シンシアと出会ったのは、君と陛下の六度目の結婚記念日の夜だよ」

ジョシュアは懐かしそうに目を細め、ついでとばかりに歌姫と出会った経緯を教えてくれた。

『シンシア』という呼び名に、もうプリシラの胸は痛まなかった。女優は家名を名乗らない。他に呼びようがないのだ。

「今年からは二人きりで祝うと陛下は言って、幸せそうな顔で南の宮に向かっていった。二人で酒を飲んで、君の好きな苺を食べるんだと言っていた。その時まで私は、君が採れたての苺が好きなことを知らなかった。……これから二人で仲良く過ごして、抱き合って、愛し合うんだと思うと、たまらなかった」

ジョシュアの瞳が苦痛に歪む。

プリシラは慌てて手を解き、ぎゅ、と抱き着いた。

「何もしていないわ。手さえ繋いでない」

「もちろん知ってる。今はね？　でもその時は、そう思い込んでしまったんだ。……リラ、膝に乗ってくれる？　この体勢だと、君の顔がよく見えない」

　プリシラはすぐに頷き、いそいそとジョシュアの膝に跨った。向かい合う形になっただけで、心は不思議と落ち着く。

　ジョシュアもそれは同じだったようで、目に見えてホッとした顔になった。

「どこまで話したっけ。このまま押し倒したくなってきたんだけど、駄目？」

　彼はプリシラの腰をぐいと引き寄せ、己の腰にぴったりくっつけて軽く揺さぶる。

　プリシラは胸板に手をつき、適度な距離を取った。

　抗いがたい誘惑だが、今は話の続きが知りたい。

「それは、後でね。あなたとシンシアが出会ったのは、四年前だったってところまでよ。どこで彼女を見つけたの？」

　ジョシュアは「全部話すまでお預けなんだね」と笑うと、思い出話に戻った。

「まっすぐ屋敷に戻る気がしなくて、普段は行かない街の酒場に寄って帰ることにした。馬車で乗りつけるわけにもいかないから、途中で降りて随分歩いたよ。従者も先に帰して一人で飲みに行ったこと、後でヘンリーに散々説教された」

　老執事は戻らない主人を案じ、厳めしい顔を強張らせて待っていたに違いない。

「それは仕方ないわ。そのお店にシンシアもいたってこと？」

「ああ。彼女はそこで働きながら、衣装代やレッスン代を稼いでた。店に入ってきた私の身なりを見て、良家の子息だと思ったらしい。わざとらしく媚を売ってきたが、目は全く笑っていなかった。追い払うのも億劫で同席を許したんだが、『こんなところに来るような男には見えない。何かあったのか？』としつこくてね。つい、言ってしまったんだ」

プリシラはごくりと息を呑み、続きを待つ。

ジョシュアはほろ苦い笑みを浮かべ、「私はすでにかなり酔っていて、正常な判断ができなかった」と前置きした後、シンシアに投げつけた台詞を再現してみせた。

「『好きな女の結婚記念日なんだ。誰も私を知らない場所で静かに飲みたいだけだから、放っておいてくれ』」

ジョシュアにも芝居の才能があるのかもしれない。いかにも面倒そうな酷薄な表情で、吐き捨てる。

「そんなことを？　シンシアはなんて？」

自分だったらショックでしばらく落ち込んでしまいそうだ、と思いながら尋ねる。

「あっけに取られたのも一瞬だったな。思いっきり噴いて、しばらく大声で笑ってた。何がおかしいんだ、と聞いたら『好きな女って、あんたそれ、王妃様だろ』と言ったんだ。そこで一気に酔いが醒めたよ」

後から聞いたところによると、完全に当て推量だったらしい。今日が国王夫妻の結婚記念日だと知っていたシンシアは冗談のつもりで言ったのだが、ジョシュアが蒼褪(あおざ)めて黙り込んだせいで、真実を言い当ててしまったと気づいたらしい。

「弱みを握ったと思ったんだろうな。初めは、私を脅そうとしたんだよ」

次から次へと予想外の話が飛び出てくる。

シンシアは目を丸くして、「それでどうなったの？」と急かした。

「その場では何も言わなかったんだが、店を出た私の後をこっそりつけたらしい。翌日わざわざ屋敷まで来て、自分のパトロンにならなかったら、王妃様に横恋慕していることを国王陛下に言いつけると言い出した。私が好きにしろと言ったら、悔しそうに歯噛みしていたな」

「そうだったの……」

「それからも、思い出したようにやってきては、あの手この手で支援を引き出そうとしてきたよ。彼女に才能がなければそのまま捨て置いたんだが、その頃から歌だけはとても上手くてね。いい加減うんざりしてきていた私は『愛人の振りをするなら、支援してもいい』と条件を出した。『ただし、振りだけだ。そちらからは一切関わってくるな』と釘をさしたら、『願ってもない話だ。こっちだって辛気臭い顔を見に通うのに疲れてきてたんだから』と言い返してきたっけ」

「辛気臭い顔」

思わず繰り返してしまう。

ジョシュアの美貌をそう評するのは、シンシアくらいではないだろうか。

「そんなこと、一度も思ったことないわ」

続けて呟いたプリシラを見て、ジョシュアは頬を緩めた。

「君に会う時は、しかめっ面なんてしてないからね。自然と笑顔になるか、魅了されて見つめてしまうかのどちらかだけだから」

「……ありがとう」

まっすぐな愛の言葉にすっかり照れてしまう。

頬を赤くしたプリシラを、ジョシュアはうっとりと眺めた。

「本当に可愛いな……。後は、君も知っての通りだよ。シンシアとの噂が流れたせいで、煩わしい付き合いが減って嬉しかった。そのまま生涯独身を通すつもりだったんだけど、なかなか君は懐妊しなかった。残り二年を切ったあたりから、私は次第に希望を抱くようになった。君が子どものことで責められていることを知っていながら、心のどこかで思うようになってしまったんだ。このまま十年経てば、君に手が届くんじゃないか、って――……」

話しているうちに辛くなったのか、ジョシュアは唇を歪め、くしゃりと前髪を握り込む。

「自然な変化だわ。私があなたでも、きっとそうなった。自分の番が来るのを、指折り数えて待ってしまったわ」

「リラ……リラ……」

許しを希うように、ジョシュアが抱き締めてくる。

広い背中をきつく抱き締め返し、プリシラは心を込めて囁いた。

「待っていてくれて、ありがとう。初恋のあなたに嫁ぐことが出来て、私はとても幸せよ」

「それは私の台詞だ」

ジョシュアは顔を上げ、狂おしい恋情の宿る瞳にプリシラを映した。

「私の手を取ってくれてありがとう。愛してるよ、リラ」

「私もよ、ジョシュア。私も愛してる」

互いに想いを伝え、再び抱き締め合う。

耳を澄ませれば、いつもより早い鼓動の音が聞こえた。

きっと自分の胸の音も、彼と同じように高鳴っている。

ハーブと薔薇の爽やかな香りが微かに揺蕩(たゆた)う静かな寝室で、二人は愛する人の温もりを心ゆくまで味わった。

あとがき

はじめまして、ナツと申します。この度は『ずっとあなたを愛してた　王妃と侯爵』をお読み下さりありがとうございました。

私は「心に深い傷を負ったヒーローが、主人公と出会うことで少しずつ救われていく」という王道ラブストーリーが大好きなのですが、今回は少し趣向を変えてみました。

主人公プリシラは、心に深い傷を負った国王を献身的に支えますが妻としては愛されず、どこか満たされないまま大人になってしまう少女です。そんなプリシラを一途に想い続け、陰でこっそり涙を呑んできたのが、超絶美形の宰相閣下です。読み終わった後は、是非プリシラの幸せだけを願ってきた彼の不憫な十年に想いを馳せて頂ければ、と思います。

素敵なカバーと挿絵で、今作を彩って下さったのは天路(あまじ)ゆうつづ先生です。プリシラの聡明さ、そしてジョシュアの美青年っぷりを忠実に再現して下さっている美麗イラストは必見です。お忙しい中、本当にありがとうございました！

温かなアドバイスで執筆を支えて下さった担当様、製作・販売に関わって下さった皆様のお陰でこうして一冊の本にすることが出来ました。この場を借りてお礼申し上げます。

ここまで読んで下さった読者の皆様には、最大級の感謝を。

二人の不器用な恋模様を楽しんで頂けたのなら、これほど嬉しいことはありません。

ずっとあなたを愛(あい)してた

ティアラ文庫をお買いあげいただき、ありがとうございます。
この作品を読んでのご意見・ご感想をお待ちしております。

✦ ファンレターの宛先 ✦
〒102-0072　東京都千代田区飯田橋3-3-1
プランタン出版　ティアラ文庫編集部気付
ナツ先生係／天路ゆうつづ先生係

ティアラ文庫&オパール文庫Webサイト『L'ecrin(レクラン)』
http://www.l-ecrin.jp/

著者――ナツ
挿絵――天路ゆうつづ（あまじ ゆうつづ）
発行――プランタン出版
発売――フランス書院
〒102-0072　東京都千代田区飯田橋3-3-1
電話（営業）03-5226-5744
（編集）03-5226-5742
印刷――誠宏印刷
製本――若林製本工場

ISBN978-4-8296-6888-7 C0193